世界最強の努力家
才能が【努力】だったので効率良く規格外の努力をしてみる
蒼乃白兎
Illustration 紅林のえ
The world's strongest hard worker
3

◆第一話◆戻ってきた努力家――010
◆第二話◆クロエとの模擬戦――037
◆第三話◆スパイの存在――051
◆第四話◆クラス分け――081
◆第五話◆実力発表――126
◆第六話◆魔神の復活――144

◆第七話◆最高の遊び——181
◆第八話◆世界最強の努力家——200
◆エピローグ◆——236
◆特別書き下ろし◆世界最強の親バカ——242
◆あとがき◆——266

第一話　戻ってきた努力家

俺が冒険者活動をやめてから2年の月日が流れた。

その間、俺は自分の実力を高めることだけに集中した。

Sランク冒険者の地位を利用して、テオリヤ王国の王都にある秘密書庫に入り、書物から有用な情報を入手した。

伝承スキル、禁術、秘術、その類のものは一般の人は存在すら知ることが出来ないが、秘密書庫にはそれが保管されていた。

俺はそれを取得するべく世界を旅したのだ。

魔界にも足を運んだ。

成果は大きい。

この2年間で俺は以前に比べてかなり強くなることが出来た。

そして俺は今、英傑《えいけつ》学園の入学試験に挑むためにテオリヤ王国の国境検問所にやってきた。

しかし、俺は入国出来ないでいた。

「現在、テオリヤ王国では国外からの入国者を制限している。我が国に属する者だと証明出来るものがなければ入国を許可することは出来ない」

門の前に立つ騎士はそう言って、俺をテオリヤ王国に入れてくれない。

「冒険者のギルドカードではダメですか？」

「有効期限が過ぎていなければ大丈夫だ」

なんかそんなのあったな。

たしか有効期限は2年以内だったはず。

……じゃあ、ダメだ。

どうしよう、困ったな。

まさか2年の間でこんなことになっているとは思わなかった。

「えーっと、じゃあフレイパーラの『テンペスト』ってギルドにリヴェルって冒険者がいたかどうか確認を取ってもらえませんか？」

「それは良いが、今在籍していなければ意味がないぞ？」

「……」

そういえば別れ際にロイドさん、こんなこと言ってたなぁ。

『――リヴェル、お前はクビだ』

その言葉を思い出し、額から汗が流れる。

これはもう間違いなく在籍していない。

ロイドさんの気遣いだったことは間違いないが、クビにする必要はなかったんじゃないかな？

と、そんなことまで思ってしまった。

「残念だが、今は諦めるんだな」

騎士は申し訳なさそうな顔をしていた。

うーん、そう言われてもこっちも諦めることは出来ないんだよな。

でも強引に入国なんかしたら絶対問題になるだろうし。

とりあえず一旦落ち着いて、何か方法はないか考えよう。

『あるじ、ふぁいとっ！』

頭の上にいるキュウが慰めてくれた。

キュウは2年で段々と大きくなっていったが、俺の頭の上に乗れなくなるのが嫌とか言い出し、自ら小さくなり、頭の上に乗れるサイズを維持していた。

念話も使えるし、キュウは色々と自由すぎる。

『ありがとな、キュウ』

『それと、お腹すいた』

『分かった分かった』

調子の良いやつめ、と思いながら俺は《アイテムボックス》からアーモンドを取り出して、キュウの口に運ぶ。

『あもんどうまいっ！』

相変わらずキュウの好物はアーモンドだ。

「……今、どこからアーモンドを取り出したんだ？」

その光景を見ていた騎士は不思議そうに呟いた。

「とにかく、これ以上ここにいられると邪魔になるので下がってもらえませんか？」

「分かりました」

騎士からの苦情が来たので俺は下がることにした。

振り返ると、少し後ろから馬車がこちらに向かってきていた。

荷台が大きいので、どことなく商人が乗っているのかなとか、そんなことを思った。

「……えっ!?　もしかしてリヴェル!?」

「ん？」

後ろから来ていた馬車とのすれ違いざまに驚いたような声で俺の名前が呼ばれた。

聞き覚えのある女性の声だった。

馬車は止まり、一人の女性が降りてきた。

褐色の肌に濃い赤紫色の長髪の女性。

「……もしかしてラルか？」

「ええ、そうよ。久しぶりね、リヴェル。キュウも久しぶり」

「キュウッ！」

キュウも鳴き声を発してラルの挨拶に応えた。

「おお、懐かしいな！」

「ほんとよね。それにリヴェル、見ない間に大人らしくなったわね」

「まあ2年も経てばな」

「積もる話もあることだし、リヴェル、王都まで護衛してくれない？　てかなんでこんなところにいるの？」

「そのことなんだが……」

俺はさっきまでの経緯を話し、ラルに入国出来ないことを伝えた。

「ああ、そういうことね。それなら大丈夫よ。リヴェルの素性を私が保証すればいいだけだから」

「そんなこと出来るのか？」

「もちろん。私クラスの商人になるとね」

「……なぁ、それって証人と商人をかけているのか？」

「……リヴェルって本当に面白いこと言えないのね」

「ひ、ひどい」

ラルは額に手を当てながらため息をついた。

そして俺はラルの馬車に乗り、もう一度さっきの騎士のもとへ。

「それはリンドバーグ商会の紋章ですね。通っていいですよ」

騎士は馬車の側面に彫られていた紋章を見て、ラルの身分を確認したようだ。

「でも、あなたはダメです」

俺も流れに乗れるかと思ったが、ダメなようだった。

「彼の身分は私が保証するわ。それに彼、テオリヤ王国のSランク冒険者よ？」

「ええっ!?」

騎士は口を大きく開けて驚いた。

「ほら、リヴェル。ギルドカード見せなさいよ」

「ん？　ああ、分かった」

有効期限というものがあるなら見せるだけ無駄かと思ったが、とりあえず俺はラルの言う通り騎士にギルドカードを見せた。

「……こ、これは本物のSランク冒険者のギルドカードですね。それなら先ほど見せて頂ければ通しましたのに」

「え、そうなんですか？」

「はい、Sランク冒険者は所属国家から認められた者しか昇格することは出来ないので、特に有効期限といった概念はないんです」

あ、だから機密情報を取り扱っている秘密書庫とかにも入れたりするんだ。

……俺は馬鹿か？

強くなることだけに意識を集中させすぎていたようだ。

「ハァ、リヴェルって変なところでマヌケよね」

「ははは……」

そして俺達は無事にテオリヤ王国への門を通ることが出来たのだった。

テオリヤ王国への門を抜けた先には町が広がっていた。

俺とラルは久々の再会で会話がよく弾んでいた。

「そういえばなんでテオリヤ王国は入国者を制限してるんだ？」

「ああ、そっか。リヴェルは知らないのね。リヴェルが解決してくれた魔物の大群騒動があるでしょ？」

「俺だけで解決したわけじゃないが、まぁそうだな」

「あれ以来段々と他国との交流を少なくしていって、今じゃこの有様よ。まぁおかげで商人はこの時期に結構稼がせてもらってるけどね」

「なるほど」

魔物の大群は誰かが悪魔と契約して意図的に引き起こしたものだったからな。

あの騒動からテオリヤ王国への攻撃は始まっているのだろう。

ま、俺の知ったことではないが。

「てか、それよりもリヴェルがあんなところにいたのは驚いたわ」

「経緯は話しただろ。俺が間抜けだっただけだけど」

「いや、それもまぁあるんだけど……もしかして知らない？」

「ん？　何がだ？」

「英傑学園のこと」

「何かあったのか？」

「入学試験」

「もう少しで始まるな」

「あちゃー」

「……なんだ、そのもう既に入学試験が終わっているかのような反応は」

「ええ、その通りよ」

「……ははは、またまたご冗談を」

「マジよ」

「…………マジ？」

コクリ、とラルはうなずいた。

「例年よりも入学試験を行うのを早めたらしいわ」

「まさかそんなトラップがあるとはな」

「ええ、だからあそこでリヴェルを見たときに色々察しちゃったわよね」

「……ちょっと待て。じゃあお前は気付いててこれだけ溜めたということか？」

「ふふふっ、正解」

「ハァ～、お前って奴は……」

「ごめんごめん、久しぶりにからかってあげなきゃと思ってね」

「ハハハ、確かに懐かしいよな、こういうの」

「それでどうするの？」

「どうするって何がだ？」

「英傑学園に入らないとダメなんでしょ？　諦めるの？」

「バカ、これぐらいで諦められる訳ないだろ。色々と対処してみるよ」

アンナとの再会の約束を破るわけにはいかないからな。

中等部に入学するのは我慢してもらったんだ。

高等部はどんな手を使っても入学してやらないと。

「その諦めの悪さ、なんかリヴェルって感じがするね」

「懐かしいだろ？」

「ええ、凄くね。——おかえり、リヴェル」

おかえり、か。

どことなく良い響きだな。

俺はフッと笑って、

「ただいま」

と、応えるのだった。

……さて、再会を喜ぶのはこれぐらいにして今は目の前の問題を解決しなきゃな。

「よし、じゃあラル、今から王都まですぐに向かうぞ」

「それは流石に無理でしょ。ここから馬車で10日はかかる距離よ？」

「そうか、じゃあ今日の夕暮れには到着出来るな」

「ハァ!?　なんで!?」

俺は空を指差した。

「飛ぶんだよ」

《空歩《くうほ》》と風魔法を利用して、空を飛ぶ移動方法はかなり便利だ。

飛行速度も速いが、それ以上に直線距離を進むことが出来るのはかなりでかい。

「……リヴェル、会わない間に頭おかしくなっちゃったの？　……いや、もともとおかしいか」

「今も昔もおかしくないからな……？」

「あはは、半分冗談よ」

ということは半分本気らしい。

「とりあえず、馬車ごと《アイテムボックス》にしまうな」

俺は馬車をひょいっと持って《アイテムボックス》に収納する。

「相変わらず平然ととんでもないことをしてくるわね……。それで馬はどうするの？」

「この町の厩舎《きゅうしゃ》に預けておこう」

「待って、本当にやる気なの？」

「当たり前だろう。それにラルも10日かかる距離を1日で進めてお互いに得じゃないか」

「まぁそう言われればそうだけど……」

「じゃあ決まりだな」

はいはい、とラルは返事をした。

どうやら諦めてくれたようだ。

ありがたい。

馬を町の厩舎に預けたあと、飛ぶためにラルを背負う。

「うっ、ちょっと恥ずかしいわね。……胸とかリヴェルの背中に当たっちゃうじゃない」

「大丈夫だ。俺は気にしない」

そう言うと、ラルは頭を手のひらで叩いた。

「少しは気にしろ！」

「気にされても困るだろ？」

「気にされなすぎても腹立つのよ」

理不尽だった。

「よーし、それじゃあ飛ぶぞー」

「キュッ！」

キュウはもう慣れっこなので、頭の上でかなりリラックスしている。

というか、キュウはドラゴンということもあり、飛ぶのが好きだ。

《空歩》を使って、浮き始める。

「わわ!?　凄い……本当に浮いてる……」

ラルは驚きながらも感心しているようだった。

「しっかりつかまってろよー」

「う、うん」

ラルが両肩をギュッと摑んだ。

それを確認した俺は、あまり怖くないように徐々に速度を上げていった。

「……ぷはぁっ、ちょ、ちょっと、なんで向かい風がないの？」

ラルは飛んだことによる向かい風を警戒してか口をしっかりと閉じていたらしい。

「向かい風とは逆向きの風魔法を発生させているんだ。だから向かい風を感じないようになっているよ」

簡単な原理としては、風魔法Aで向かい風対策に小さな空間を作って、風魔法Bでその空間ごと運ぶっていう感じだ。

「……なるほど、確かに便利ね。これ」

「だろ？」

ラルは少し不服そうだったが、この移動方法の便利さを認めてくれた。

王都に着いた。

流石に飛んだまま王都の中に入るのはまずいと思ったので、関門から少し離れた場所に着地し、そこからは徒歩で移動した。

都市の規模はフレイパーラよりも少し大きいが、そこまで差はないように思える。

街の雰囲気はフレイパーラに比べて冒険者が少ないようだ。

煉瓦と石造りの家が多く立ち並んでいる。

街中には水路が流れていて、とても華やかだ。

「まさか本当に1日で着いちゃうとはね……。でも身体がしんどいわ」

ラルが身体を伸ばしながら言った。

「まぁラルはずっと俺の背中に乗っていたしな。同じ体勢が続くのは中々しんどいもんだ」

「ええ、だけど移動時間はかなり短縮出来たわ。ありがとう、リヴェル」

「どういたしまして。今日はゆっくり休むといいさ」

「そうさせてもらうわ……。それとリヴェルは宿泊先とか決まってないわよね？」

「ああ、もちろんだ。……もしかして、用意してくれたりするのか？」

「王都まで運んでくれたお礼にね。商会の建物に空き部屋がいくつかあるから、そこを使うといいわ」

「助かる！　……しかし、こういう会話を以前もしたな。たしかウェミニアのときだっけか」

ウェミニアはクルトの親が領主を務めている都市だ。

クルトとラルが仲間になったのもウェミニアで俺の中では思い出深い都市の一つである。

「確かにあったわね〜。懐かしいな〜」

「商会、いくつも持っているんだな……」

「ふふ、まあね」

ラルの商会に行き、指定された倉庫で《アイテムボックス》に入れていた荷物を取り出した。

その後はラルと共に夕食を済ませた。

今日1日色々な話をしたが、話題が尽きることはなかった。

それだけ2年間という時間の中で色々な出来事が起こっていたのだ。

＊＊＊

夜はいつもと同じように自主鍛錬に励んだあと、1時間だけ睡眠を取る。

そして早朝に目を覚まし、ランニングを行う。

場所を選ばずにどこでも出来るので、2年間この日課を欠かしたことは一度もなかった。

王都の地形を把握するためにもランニングは大いに役立つ。

その気になれば、スキルを使って一瞬で把握することも可能だが、それよりも俺は自分の目で見て、この場所の空気を肌で感じる方が好きだ。

「あれが英傑学園か」

広大な敷地を取り囲む大きな壁。

あの壁の向こうが英傑学園というわけか。

入り口は色々と様々な箇所に設けられているみたいだ。

「しかし、もう入学試験が終わっているとはなぁ。みんな元気にしてるかな」

俺がフレイパーラを旅立つとき、仲間たちはみんな英傑学園に入学するような意思を示していた。

ラルの話を聞けば、みんなはちゃんと入学試験を受験しているらしく、今は結果待ちみたいだ。

だからみんな王都にいるらしいのだけど……こう、都合よく会える訳もないよな。

「──えっ」

背後から驚いたような声がした。

振り返ると、そこには白髪で頭部からウサミミを生やした可憐な少女が立ち尽くしていた。表情は、まさに驚愕《きょうがく》といった感じだ。

少女は目を見開き、大きく開けた口を震えた右手で隠した。

いやいや、俺も驚いた。

まさかこんな形で再会することになるとは。

「久しぶり、フィーア」

「や、やっぱり！　リヴェルさんですよね……！」

フィーアの瞳から雫が零れた。

「嬉しいです。私、ずっとリヴェルさんに会いたかったんです……！」

フィーアは駆けだして、勢いよく俺に抱きついてきた。

「ああ、俺もだ。元気だったか？」

相変わらずフィーアは小柄だった。

丁度いい位置にある頭をポンポン、と優しく右手で撫でた。

「はい、元気です」

顔をうずめながらフィーアは言った。

すると、急にガバッと俺から離れた。

顔が紅潮しているのを見ると、フィーアもランニング中だったことが分かる。

「フィーアもランニングか？」

「――え？　あ、はい！　そうですね。リヴェルさんがいなくなってから、リヴェルさんを目標に私も努力してきましたから」

「ははは、目標にしてもらえるとはな。嬉しい限りだ」

「そりゃしますよ！　リヴェルさんは私達にとってはヒーローみたいなものですからね」

「……フィーア、それは言いすぎだ」

「言いすぎじゃないです。でも、きっとリヴェルさんは謙遜しますからね。言いすぎということにしておきましょう」

そう言って、フィーアはふふっ、と笑った。

「そういえばリヴェルさんって入学試験受けましたか？　探しても見つからなかったので心配していたのですが、こうして出会えたということは杞憂《きゆう》だったみたいですね」

「あー、そのことなんだがな……」

丁度いいタイミングだったので、俺はフィーアに今までの経緯を説明した。

「ええっ!?　じゃあ今の状況めちゃくちゃヤバいじゃないですか！」

「ああ、そういうことになるな」

「……なんでリヴェルさんより私の方が焦っているんですか」

「もう俺は色々と考えたからな。策はある」

「なるほど、リヴェルさんがそう言うならじゃあ安心ですね」

「……ちょっと待て。俺に寄せられる信頼が大きすぎないか？」

「え？　そうですか？」

「俺も久々だからあまりよく分からないが……まぁフィーアってこんな感じだったかな？」

「む、なんかちょっと失礼ですよ。私も少しは成長したんですからね」

「ふふふ、面白いジョークだ。流石フィーアだな」

「ぶっ飛ばしますよ？」

フィーアの笑顔から殺意が感じられた。

2年ぶりに会ったフィーアは、外見の変化は一切感じられないけど、どことなく成長しているような気がした。

「……はい、すみません」

フィーアと再会した後、クルト達が泊まっている宿屋を教えてもらった。

時間に余裕が出来たら是非会いに行きたいところだが、今は英傑学園のことをなんとかしなくちゃいけない。

「リヴェルさんならきっと乗り切ることが出来ますよ！　今までそうだったように！」

別れ際にフィーアから励ましの言葉を貰った。

この言葉は大変心強い。

よし、それじゃあ乗り切ってみるとするか。

＊＊＊

英傑学園の入学試験は残念ながら終わってしまった。

だが、それでも入学の可能性は途絶えた訳ではない。

英傑学園の求めている生徒は、高い才能と実力を持った者のはずだ。

そして高等部になると、才能よりも実力を重視するようになっていると噂されていることもあり、俺が高い実力を持っていることが証明出来れば、入学出来るのではないだろうか。

しかし、俺が英傑学園に入って、

「すみませーん、自分強いんで英傑学園に入学させてください！」

なんて言っても取り合ってすらもらえないだろう。

なので、俺はあの人物に助けを借りることにした。

ラルから貸してもらった空き部屋に魔法陣を描く。

チョークとか使って描くと怒られそうなので、【魔力操作】を用いて魔力のみの魔法陣を作成する。

魔力跡は俺お手製魔法陣となっている訳だが、これを普通の人は見ることが出来ない……と、いうわけだ。

『あるじ、この魔法陣はなに？』

キュウが念話で不思議そうに尋ねてきた。

「スキル《空間転移》を使用する際に必要となる転移の魔法陣だ」

「キュイッ！（おもしろそう！）」

「ああ、お客さんを連れて戻ってくるからな。キュウはここでお留守番していてくれ」

キュウを乗せていくと、少し時間がかかってしまうのでお留守番させておく。

しかし、キュウは嫌がるだろう。

「キュゥ～……（キュウもいきたい……）」

「おいおい、キュウがいなくなったらこの魔法陣は誰が守るっていうんだ？」

「キュッ！」

キュウはハッとしたような表情で頭を上げた。

『あるじ！　この魔法陣はキュウが守る！』

「流石キュウだ……。それでこそ俺の従魔だな！」

「キュウンッ！（えっへん！）」

キュウの扱い方にも慣れてきたもんだな。

キュウは結構……というか、かなり単純なんだ。

まぁそんなところもかわいらしいのだけど。

そして、俺はキュウをお留守番させることに成功し、外に出てきた。

早朝よりも人が多くなっていて、活気づいている。

これから向かう先はフレイパーラ。

あの人に助けを借りに行く。

うーん、急に訪れる訳だから忙しくなければいいけどな……。

ま、そのときはそのときだ。


《空歩》でフレイパーラにやってきた。

やはり王都に比べて、騒がしい街だなと思った。

「懐かしいな」

あの頃となにも変わっていない街並みを見ると、ここでの生活を思い出す。

テンペストに顔を出して、ロイドさん達に元気な姿を見せたいところだが、あまり時間もない。

街中を早歩きで移動し、やってきたのは冒険者ギルド連盟。

俺が助けを借りたい相手は、ルイスだ。

ルイスなら英傑学園の関係者と何か繋がりがあるのではないかと思うのだ。

いや、間違いなくあるはずだ。

それほどにルイスという男の人脈は幅広い。

冒険者ギルド連盟の中に入ると、受付嬢は大変驚いた。

「も、もしかしてリヴェルさんですか!?　戻って来られていたんですね！」

「一応ですけどね。ルイスさんって今います？」

「はい！　いつもの部屋で仕事をしていると思います」

よかった、会うことは出来るようだ。

ここまで来て会えなかったら1日を無駄にするところだった。

「お会いしても？」

「もちろん！　連盟長も喜びます！」

「ありがとうございます」

「……ここだけの話、リヴェルさんがフレイパーラを去ってから連盟長、少し寂しそうだったんですよ」

受付嬢は俺に近づいて、キョロキョロと周りを見てから、こっそりと話した。

ルイスさんが寂しそうにしていた、か。

そんな風にしているところ、全然想像出来ないな……。

受付嬢から面会を許可された俺は、ルイスのもとへ向かった。

部屋の前で俺は一度、深呼吸をした。

いざ久しぶりに会うってなると、なんだか少し緊張するものだな。

扉をノックする。

「どうぞ」

と、聞こえたので俺は「失礼します」と言って中へ入った。

「……ほう、これは中々面白い来客だな」

「ルイスさん、久しぶりです」

「ああ、２年ぶりだな。……元気にしてたか？」

そう言うルイスの表情は、２年前には一度も見たことない優しい笑顔だった。

「元気でしたよ。……昨日までは」

「なるほどな、事情は察したよ」

「これだけで……？　早いですね」

「まあな。英傑学園の入学試験は例年よりもかなり早くに行われていたからな。このタイミングで俺に会いに来るってことは、つまりそういうことだろ？」

「流石ルイスさん、まさしくその通りです」

俺は改めてルイスの凄さを実感した。

「それで、俺に何して欲しくてやってきたんだ？　まぁ聞かなくても大体は想像がつくけどな」

「ルイスさんの力で英傑学園の学園長と会わせてください。勿論お礼はします」

「お礼など別に構わん……と、言いたいところだが後ほど何か頼む機会があるかもしれない。少し厄介事が起きてるもんでな」

「厄介事？」

「詳しくは頼むことになったとき話す」

「分かりました。……それじゃあ、学園長には会わせてくれるということで大丈夫ですか？」

「構わないが、王都に着くまでは少し時間がかかる。今から出発しても着くのは明日だろうな」

「ああ、それなら大丈夫です」

俺はそれを見越して王都に《空間転移》の魔法陣を残してきている。

王都に記した魔法陣と同じものをこの部屋にも描く。

「……ふむ、魔法陣か？」

「流石ルイスさんですね、これは《空間転移》の魔法陣です」

「……当たり前のように超高難易度のスキルを取得しているのだな」

ルイスの声は少し呆れているように聞こえた。

「ええ、まぁ一応。――よし、出来ました。こちらに来てもらえますか？」

「その魔法陣の上に立てばいいのか？」

「そうですね」

「分かった」

そう言ってルイスは魔法陣の上に移動した。

実際には描かれておらず、魔力の痕跡を残しているだけだというのにルイスはしっかりと魔法陣がどこにあるのか把握しているようだ。

流石は元宮廷魔術師といったところか。

「じゃあ行きますよ」

「ああ、いつでも良い」

ルイスの返事を聞いた俺は《空間転移》を発動した。

景色は一瞬にして変わり、突然現れた俺たちにキュウはビックリして「キュエッ!?」と鳴いた。

「久しぶりだな、キュウ」

ルイスはキュウを視界に捉え、表情を変えずにポンポンと頭を撫でた。

キュウは嬉しそうだ。

『ルイス、良い人っ!』

珍しくキュウの良い人悪い人判定が出た。

お前、何度かルイスと会ったことあるだろう。

それに名前も覚えてるし。

「それでここはもう王都なのか?」

「はい、キュウがこの部屋にいてくれたので間違いなく王都ですね」

「なるほどな。それでは早速だが英傑学園に向かうとしよう」

「助かります」

『キュウもいくっ!　お留守番、ひまっ!』

キュウが念話で俺に訴えてきた。

『仕方ない、大丈夫そうかルイスに聞いてみるよ』

『あざます』

ありがとうございます、を略してあざます、か。

なるほど。

「ルイスさん、キュウも連れて行って大丈夫ですかね？」

「問題ないだろう。どうせこれは入学試験じゃないんだからな」

「……本当に大丈夫ですか？」

「ああ、大丈夫だ。学園側がお前を入学させない理由がないからな」

「それなら良かったです」

『やったーっ！』

ルイスさんの返事を聞いたキュウは嬉しそうに俺の頭の上に飛び乗るのだった。


英傑学園の校門の前に到着した。

……これ、本当に学園か？

改めて見ると、その規模の大きさに驚かされる。

世界を見て回ったが、ここまで大きな学園を見るのは初めてだ。

これは学園というよりも城と形容する方が相応《ふさわ》しい気がする。

王都にも王城は勿論存在するが、それに引けを取らない。

校門の前には門番が立っていた。

普通の学園ではあり得ない警備だ。

ルイスが校門に近付くと、門番は頭を下げた。

「これはルイス様、ようこそお越しくださいました」

「うむ、今日は学園長に会いに来た。通してもらえるか？」

「ええ、勿論。その後ろのお方は？」

「入学希望者だ」

「なるほど、ルイス様がお連れになるとはかなりの実力者なのでしょうね」

「ああ、コイツが入学すれば英傑学園最強の座はコイツになる」

「……まさかぁ」

閉ざされていた門が開き、ルイスは足を進める。

「行くぞ、リヴェル」

「あ、はい」

俺は早歩きでルイスの後を追った。

「リヴェル……？　どこかで聞いたことあるような……？」

門番は俺の名前に聞き覚えがあったのか、首を傾げていた。

第二話　クロエとの模擬戦

英傑学園の中はとても広く、学園長室に着くまで時間がかかりそうだ。

英傑学園の敷地内には生徒の姿が見えた。

英傑学園には寮があるため、学期が始まっていなくても生徒がいるようだ。

校舎に入り、一階の廊下を歩いていると、中庭を見つけた。

中庭は緑豊かな場所で中央に噴水がある。

噴水の縁にブロンド色をした髪の美しい女の子が座っていた。

隣に座る友達と談笑しているようだった。

……まさかな、と思ってその子を見ていると、不意に目が合った。

俺はその子を見たまま立ち止まってしまった。

「――ん？　どうした、リヴェル」

ルイスは俺を気にかけて振り返った。

「……いえ、懐かしいものを見つけてしまいまして」

「ほう、噴水に懐かしさを感じるとはな。いい思い出でもあるのか？」

「……ええ、素敵な思い出です」

「……ふ、そうか。だが、思い出に耽《ふけ》るのは入学してからでも出来る。今はその入学に意識を向けないとな」

「そうですね、では行きましょう」

「うむ」

そして、廊下の先にある階段を上って、２階の廊下をしばらく歩くと、学園長室に到着した。

ルイスは扉をノックして、開いた。

「失礼する」

ぐがー、ぐがー。

部屋にはソファーの上で爆睡中の老人がいた。

「やはり睡眠中だったか」

ルイスは想定通りだったのか、特に驚くこともなくそう言った。

「学園長は昔からよく眠る人だったんだ。１日の大半は寝て過ごしている」

「……そうなんですね」

『キユウと一緒っ！』

キユウは変なところで親近感を抱いているようだった。

「それで学園長はいつ起きるんでしょうか？」

「そうだな。起こすとなると少し強引だが、やるとしよう」

ルイスはそう言うと、右手に魔力を溜めた。

右手を振りかざすと、５本の氷柱が学園長に襲いかかった。

「――何奴ッ！」

学園長は両眼を大きく見開き、身体を起こした。

そして鞘《さや》に納めていた短剣を取り出し、一瞬にして襲いかかる氷柱を粉々にした。

「相変わらず、老人の身体能力じゃないな」

『……キュ、キュウといっしょ……』

嘘つけ。

「む、なんだルイスではないか。久しぶりじゃのう。しかし、その起こし方は何度やめろと言ったら直るのじゃ」

「普通に起こしていたらまったく起きないからな」

「喝ッ！！！！！」

学園長が大声と共に魔力を飛ばしていた。

その勢いに俺とルイスの前髪が浮いた。

先ほどの短剣の扱いといい、この老人、かなりの実力者だ。

「それぐらいやってみせるのがおぬしの仕事じゃろう！」

「知らん」

「なんと……！　……ふむ、それでそこにおる少年は誰じゃ？」

やっと本題に入れそうだ。

「初めまして、リヴェルと申します」

「ほうほう、リヴェル君か。最年少でSランク冒険者に昇格したそうじゃな」

「あれ、ご存じなんですか」

「そりゃもちろん。若者の動向は気にしておかねば、英傑学園の学園長はつとまらんよ。ホッホッホ」

「なるほど……では、単刀直入にお願いします。僕を英傑学園に入学させてください」

「よかろう！」

学園長はキリッと引き締まった表情でそう言った。

「……あの、入学試験とかってないんですか？」

「うむ。おぬしの入学を断る理由がないからのぉ」

「……ありがとうございます」

なんだか拍子抜けした感じだった。

入学試験よりも厳しい何か特別な試験を受けることになるのではないかと心構えていたが、まったくそんなことなかった。

「言っただろう？　お前の入学を断る理由がない、と」

「そうですね」

確かにルイスの言った通りになった。

しかし、ルイスは学園長と親しげな様子で学園長の性格もよく理解しているようだ。

入学が決まったと思っていたそのとき、学園長室の扉が開いた。

「おじいちゃん、今日も訓練に付き合って欲しい」

現れたのは、英傑学園の制服を着た女性だった。

黒い髪を肩の高さで短く切り揃えている。

瞳の色は赤紫。

学園長室を尋ねてきて、おじいちゃん、と呼んでいるあたり彼女は学園長の孫か？

彼女は俺とルイスを視界に捉えて、ペコリと頭だけを下げ、すぐに学園長の方を向いた。

「おお、クロエ！　よく来たのぉ！　……お、そうじゃ。今日の訓練相手はワシじゃなくて彼を相手に模擬戦をしてみんか？」

学園長はそう言って、クロエと呼ばれた少女の訓練相手に俺を指定した。

「……うん、強ければ、それでいい」

「それならば決まりじゃ！　リヴェル、すまんのぅ。これを入学試験代わりだと思ってくれんか？」

「ええ、問題ないですよ」

「うむ。勝ち負けは関係なく、入学を約束しよう。その代わり真剣にやるのじゃぞ」

「もちろんです」

入学試験はないのかと思っていたら、急遽《きゅうきょ》クロエという少女と模擬戦をすることになった。

英傑学園の中にはフレイパーラにもあったような闘技場が設けられている。

この闘技場は、最上位の魔導具であり、かなり高価なもので肉体に与えるダメージを一定のレベルまで肩代わりしてくれる。

普通の闘技場でさえ、設けることが出来ない学園は沢山ある中で英傑学園は金を惜しまずに注ぎ込んでいるようだ。

そして闘技場の中央に立つ俺とクロエという名の少女。

魔導具である闘技場を利用するのは、フレイパーラの大会以来か。

懐かしいな。

「容赦するつもりはないから、本気でかかってきて欲しい」

向かい合う俺にクロエは言った。

「ああ、分かった」

そうは言うものの、彼女は学園長の孫という立場にある。

少しも気を遣わずに瞬殺してしまえば、あの学園長は激怒してしまうかもしれない。

学園長室で話していた限り、中々破天荒な人だったからな……。

もしかすると入学出来ないかもしれない、というのはあり得ない話でもない気がする。

そしてここにはフレイパーラの闘技場と同様に観客席が存在する。

学園長は観客席でルイスと並んで座っていた。

キュウは学園長とルイスの頭上を飛び回っている。

「うむ。それじゃあ二人の好きなタイミングで模擬戦を開始してくれい。ワシはここから見学しておる」

学園長がそう言うと、俺とクロエの頭上にＨＰバーが表示された。

このＨＰバーが尽きた方が負けである。

「どこからでもかかってきていい」

クロエは剣を構えた。

この構えから既にクロエは剣術の基礎が完璧であることが伝わってくる。

まるで隙がない。

「そうか？　それじゃあ、こっちから攻めさせてもらうぜ」

俺はクロエに向けて剣を振るう。

クロエはその剣をしっかりと受け止め、反撃に転じてくる。

反撃を受け止め、また反撃。

剣撃の応酬が繰り広げられる。

クロエの一撃、一撃は鋭く、重い。

繊細だが、力のある剣筋だ。

アギトが【最上位剣士】の才能を授かっているのだとすれば、クロエはそれよりも上位――【剣聖】を授かっているのではないか？　と俺は思った。

「……同年代で私と互角に渡り合える人がいたなんて」

戦いの最中、クロエは驚いたような表情で呟く。

「そりゃどうも。だけど、まだ随分と余力がありそうだな」

「……それは貴方も同じでしょう。本気でかかってきていい、と言ったのに」

「ははは、悪い悪い。じゃあ少しギアを上げるぞ」

先ほどよりも全体的なスピードを上げていく。

クロエもそれに応じて実力を発揮していくが、どんどん表情は険しくなっていく。

そして、クロエは大きく剣を振って俺の剣を弾き、後ろに下がった。

「これは想像以上……。本気を出しても勝てるか分からない……。いや、認めたくないけれど、たぶん私は貴方に勝てない」

「さぁ、それはどうだろうな。まだお互いＨＰバーは何も減っていない」

「貴方、剣術はとても上手なのに、嘘をつくのは下手なのね」

「……ほっとけ」

「でも、それでいい。──今から私は、私の全力を貴方にぶつける。それが貴方に届かなければこの戦いは貴方の勝利でいい」

「ほう」

そう言って、クロエは剣を鞘に仕舞った。

そして、深く膝を曲げた。

クロエの身体全体から膨大な魔力が発せられていた。

……クロエの放つ全力の一撃を受け止めれば俺の勝ち、受け止められなければ俺の負け、ということか。

クロエから発せられるその魔力を見るに、次の一撃が彼女の全力であることは一目瞭然だった。

しかし、問題はその一撃を俺はどう対処すべきか、ということだ。

模擬戦が始まった当初、自身の入学が取り消されることを危惧《きぐ》して、俺はクロエと学園長に気を遣っていた。

可能性はかなり低いが、それでもないとは言い切れない。

だから俺は無難にクロエに華を持たせ、学園長に自分の実力をそれなりにアピールし、この場を乗り切ろうと考えていた。

でも、そんなの彼女に失礼だな。

俺が手を抜いて勝ったとしても、クロエが喜ぶようには思えない。

彼女はとても真摯《しんし》に強くなろうと努力している。

剣を交え、それが強く伝わってきた。

だから俺がここで手を抜くのは、彼女に対しても、そして自分自身に対しても失礼だ。

「……よくここまでの魔力を練り上げたな」

「貴方に言われるとお世辞にしか聞こえないわ」

「……そりゃ悪いな。だが、安心してくれ。俺も次の一撃でお前を本気で倒しにいく」

「……そう、ならさっき私がした宣言は撤回してもいいよね？」

「ああ、もちろんだ。それにいつでもかかってきてくれて構わない」

「……私は魔力を練り上げる時間があったのに、不公平じゃない？」

「実戦の場でそんな悠長な時間は中々ないからな。俺はこれで構わない」

「……それなら遠慮なく行かせてもらう」

クロエは少しムッとした顔で腰を深く落とした。

魔力と身体を使い、最大限まで力を溜めている。

クロエの剣は非常に柔軟性があり、この状態を例えるなら、長いバネを最大まで縮めているようだ。

縮んだバネを離すと、その先端は勢いよく直進していく。

「――《電光石火《でんこうせっか》》」

驚異的な初速から繰り出されたのは、スキル《電光石火》。

圧倒的な素早さを誇るうえに、クロエの《電光石火》はかなりの魔力が溜められており、一撃で俺を仕留めるのに申し分ない威力だ。

そして《電光石火》は高難易度のスキルで【最上位剣士】の才能を持つアギトでも取得するのは至難のものだろう。

やはりクロエはアギトと同等、もしくはそれ以上の才能の持ち主だった。

面白い……が、どれだけの技を繰り出そうと俺には届かない。

《電光石火》を放ったクロエは驚愕の表情で背後を振り返った。

「……どうして？」

クロエは自分の頭上を見る。

みるみるうちに減っていくＨＰバー。

そしてそれはゼロに到達し、この試合は俺の勝利となった。

「い、一体……何をしたの？　貴方は何も動いていなかった。なのに斬った手応えもなければ、逆に私が斬られている……。起きた出来事への理解が追いつかない……」

「何も難しく考える必要はないさ。それに俺がやったことはクロエが話していることと何も変わらない。《電光石火》を防いでクロエに一撃を入れただけだよ」

クロエは理解が追いつかないと言っていたが、俺はよくそこまで状況を把握出来たな、と感心している。

並の剣士、いや、ある程度の実力者なら何かの間違いだと思っても不思議ではない。

それほどまでにクロエは奇妙な一撃だと感じていたはずだ。

「……う、うう、うわあああぁぁぁぁん」

クロエは地面に座り込んで、泣き出した。

目から大粒の涙が流れている。

「ちょ、ちょっと!?　だ、大丈夫か!?」

突然のことすぎて俺は慌てながら泣いているクロエのもとに近付いた。

「ぐすっ…………うん、大丈夫。子供の頃からの悪い癖で負けると悔しくて泣いちゃうの」

クロエはしばらく泣くと、段々と落ち着きを取り戻した。

「そうか……負けず嫌いなんだな」

「……誰にも負けたくない……けれど、さっき剣を交えて貴方が私よりも実力は高いことが嫌でも伝わってきた。だから貴方の圧倒的な実力を認めるしかない」

「そこまでのものじゃないよ。実力にそこまで差はなくて、俺の目が良かっただけさ」

「謙遜しないで。ちゃんと認めて欲しい。私と貴方の大きすぎる実力差を」

「……そうだな。もしかしたらそういうことなのかもしれないな」

「本当嘘が下手ね。……それで貴方はどんなスキルを使ったの？」

「スキルは使ってないよ。俺がやったことはクロエが言った通りでそれ以外は何もない」

「そんなことが出来るの……？」

「まぁ慣れだな。実戦経験を多く積めば案外出来るようになるんじゃないか？」

この2年間で倒した魔物の数は優に万を超える。

それだけで強くなった訳ではないが、実戦はやればやるほど自分の実力を把握出来るし、相手の動きが見えてくる。

2年前と比べれば遥かに敵の動きを先読みして行動出来るようになった。

「……私も実戦はそれなりに経験している方だと思っていたけれど」

「もっと必要だってことだな」

「……化物ね。でも貴方が学園に入学してくれるならとても良い刺激になりそう」

「そう言ってもらえれば光栄だ。これからよろしくな」

「うん、よろしく」

「ほぉ～、これは強すぎるのぉ」

観客席でクロエとリヴェルの模擬戦を見学していた学園長は感嘆の息を吐いた。

学園長自らが戦っても勝てるかどうか分からないほどの実力をリヴェルから感じ取っていたのだ。

英傑学園に集まる者に天才は多いが、その中でも抜きんでた才能を持つ本物が存在する。

孫であるクロエもその本物であることは間違いないのだが、リヴェルの前ではまるで赤子のようだった。

「手を抜く……というよりも気遣いが感じられる戦い方じゃな。しかし、最後の最後で実力の片鱗を見せおったわ。まったく、とんでもない逸材を連れてきたのぅ、ルイス」

「ええ。俺もリヴェルがどれだけ成長しているのか気にはなっていたが、アイツは予想を遥かに超えてきた。２年前はまだ常識の範囲内の実力だったが、今はもう底が見えん」

「うむ。しかし、テオリヤの現状を考えればこれは嬉しい誤算じゃな」

「そうだが、リヴェルの扱いについては慎重に頼むぞ」

「分かっておる。ワシもそこまでボケておらん」

「ああ」

「しかしまぁ……あやつの従魔はかわいらしいのぉ」

学園長は視線を上に向ける。

「キュウッ！　キュイ！」

そこには空中でリヴェルの活躍を嬉しそうに喜ぶキュウの姿があった。

「名前はキュウだ」

「分かりやすい名前じゃな。鳴き声通りの子じゃ」

「む、そういえば2年経ったというのにキュウの姿はほとんど変わってないな」

『あるじの頭の上に乗りづらいから少し小さくなってるんだよ！』

ルイスの発言を聞いたキュウは《念話》を使って、事情を伝えた。

「む、今のは《念話》じゃな？　小さいのに賢いのぉ」

「リヴェル曰く、出会った頃からキュウは《念話》が使えたそうだ。しかし、大きさまで変えられるとは……飼い主に似てキュウも中々常識では考えられんことをしてくるな」

「キュッ！」

キュウは空中で誇らしげに胸を張って見せるのだった。

「なんとも賢い小竜じゃのぉ……。さて、それではルイスよ。リヴェルと共に再び学園長室にて待機していてくれんか？　今後の方針について伝えておくべきことがあるのでな。お前さんも耳に入れておいた方がいいじゃろう」

「ああ、分かった」

学園長はルイスにそう伝えると、先に闘技場を後にした。

第三話　スパイの存在

模擬戦を終え、俺達は学園長室に戻ってきた。

ルイス曰く、学園長から今後の方針について聞かせてくれるそうだ。

それを聞いて俺は、もしかしてクロエを泣かせてしまったことが原因で入学の話は取り消しになったのではないか、と少し不安に思った。

「リヴェル、この2年でかなり実力を上げたな」

ルイスは、学園長の椅子に座りながら言った。

何の抵抗もなく座っていて、やはりルイスと学園長は親密な仲なんだろう。

「そうですね、相応の努力はしてきましたから」

「ふっ、お前らしいな」

「……そういえば、どうしてリヴェルは冒険者ギルド連盟長と接点があるの？　あの実力を見れば不思議ではないけど、少し気になっていた」

クロエはルイスが冒険者ギルド連盟長を務めていることは知っているようだ。

たしかにルイスと親しい学園長の孫であるクロエなら知っていてもおかしくはないか。

「俺は2年前までフレイパーラで冒険者をやっていてな。そのときルイスさんから色々世話を焼いてもらったんだ」

「ん、フレイパーラ……2年前なら魔物の大群が押し寄せてきた頃ね。……魔物の大群を相手に一人で飛び込んでとてつもない戦果を上げた少年がいた、と聞いている。もしかして、それがリヴェル？」

自分の活躍を聞かされるとなんか恥ずかしいな。

「多分……俺だな」

「リヴェルだな」

「本当の話だったんだ……でも2年前にはもう既にとても強かったのね」

「……まあな」

2年前か……。

あのときの思い出は楽しいものばかりだな。

今朝、偶然フィーアと会えた事だし、探せばみんなを見つけられそうな気がするな。

この後、特に用事がなければみんなを探してみるか。

ガチャリ、とドアノブが回る音がして扉が開いた。

「待たせたのぅ。リヴェルの入学にあたって伝えておかなければいかんことがあってな。ワシの他に副学園長を連れてきた」

「どうもはじめまして、貴方がリヴェル君ですね。私は英傑学園、副学園長のイレーナと申します」


学園長の後ろから現れたのは、女性だった。

紫色の髪を長く伸ばしており、年齢は大体30歳を過ぎたぐらいに見える。

副学園長という立場にしては少し若いようにも見える。

「……実はのぉ、イレーナはあの見た目で歳は53なんじゃよ」

学園長は俺の方に近付いてきて、耳元でこっそりと話した。

あれで53歳？

見えねぇ……。

というより学園長が伝えたかったことってこのことじゃないよな？

「……聞こえてますよ。学園長」

「ほっほっほ、リヴェル君の驚く表情を見れておぬしも悪い気分はせんじゃろ」

「セクハラですよ、それ」

「ムッ！　ごほっごほっ！　ふぬぅん……歳は取りたくないのぉ。それでは早速リヴェルに本題を伝えようかの」

学園長は大袈裟に咳をする素振りをした。

あれで誤魔化したのか……？

そして、学園長は周りの視線を気にせずに平然と続ける。

「リヴェルには学園生活を送るうえでその実力を隠して欲しいのじゃ」

「実力を隠す？」

俺は、まったく予想もしていなかったことを告げられたのだった。

「本来ならば、こういったお願いなどせずに生徒達の良い刺激になってもらいたいところなのじゃが、現状は少し複雑でのぅ。おぬしが解決した２年前の騒動以来、フェルリデット帝国の動きが怪しくてな。テオリヤ王国は帝国の侵略を危惧しておるのじゃ」

フェルリデット帝国はこの２年間で一度も訪れた事はなかったが、噂は耳にしていた。

近頃、急速に領土を広げているそうだ。

なるほど、入国を制限していたのもフェルリデット帝国を恐れてのことか。

少しずつ自分の中で考えが整理されていく。

「リヴェルの報告では、魔物の大群は悪魔が指揮したもので、その悪魔は人間と契約を交わしていたらしい、とされていたな」

ルイスが言った。

もう一度俺にそのことを確認しているようだった。

「はい」

「その悪魔と契約を交わした人間は帝国の者である可能性が非常に高い」

「既にある程度目星がついているんですか？」

「ああ、今はまだ教える事は出来ないがな」

「これらの事情を踏まえたうえでリヴェルには実力を隠すことをお願いしているのじゃ。リヴェルの実力は間違いなくフェルリデット帝国の脅威となる。帝国側が知れば必ず、何らかの対策をとるじゃろう。リヴェルや周りの者にどんな危害が及ぶか分からない。だからリヴェルには一般的な英傑学園の生徒として振る舞ってもらえんかのぅ」

「……なるほど、分かりました。そういった事情なら実力を隠さない理由がありません」

状況はあまりよろしくないようだった。

俺としてはこの提案を断る理由はない。

俺の身に何が起ころうと別に構わないが、周りの者にも危害が及ぶというなら、それを見過ごすわけにはいかない。

「ありがとう。じゃが隠すと言っても一筋縄ではいかん。信頼出来る協力者が必要じゃ。そこでワシは英傑学園の授業運営の指揮をしておる副学園長のイレーナをここに連れてきた。イレーナはリヴェルの助けとなってくれるじゃろう」

「教師陣の中では私が最も適任でしょうね。ある程度リヴェル君のフォローが出来ると思います」

「ありがとうございます、心強いです」

「ただ、リヴェル君の方でもかなり注意深く動いてください。今年の入学者の中には帝国のスパイが紛れ込んでいる可能性がありますから」

「スパイ？」

「はい。その根拠はお伝えすることが出来ませんが、スパイが紛れ込んでいる可能性が高いのは事実です。英傑学園では、リヴェル君もご存じのように例年よりも早く入学試験を実施することで対策しましたが、それでも苦し紛れの対応に過ぎません。全ての志願者と面接も行いましたが、スパイらしき人物を発見する事は出来ませんでした。ですからもし、スパイが英傑学園に入学しているとすればかなりの手練《てだ》れです。注意してください」

「……分かりました。じゃあスパイは入学後に見つけるってことですか？」

「そうですね」

「そこまで考えられるとはやるのぅ」

「生徒に紛れ込んだスパイを見つけるなら、生徒に協力を頼むのが一番ですよね」

「ほぉ～、流石じゃの。リヴェルよ、それこそワシがおぬしに頼もうとしていたもう一つのことじゃの。もちろん、実力を隠すことが最優先じゃがな」

「はい、気をつけます」

「……おじいちゃん、これ私が聞いてても良かったの？」

「勿論じゃ。クロエはリヴェルの実力を既に知っておるからのぉ。クロエもリヴェルを助けてやっとくれ」

「分かった」

「うむ。生徒にもリヴェルの協力者がいると心強いじゃろう」

確かに信頼出来る協力者はある程度いた方がいい。

そして俺には信頼出来る協力者が他にもいる。

「他にも俺の実力を知っていて信頼出来る人が何人か入学試験を受けているんですけど、その人達にも協力を頼んで良いですか？」

「名前を言ってもらえますか？　入学決定者の名前は全て覚えていますので」

イレーナの様子から察するに入学者は既に大体決定しているようだ。

「クルト、フィーア、アギト、ウィルの４人です。あと英傑学園の生徒でアンナっていう子は俺の幼馴染で彼女も実力を知っています」

アンナの名前を告げたとき、クロエは少し意外そうな表情をしていた。

もしかしてクロエはアンナと友達なのだろうか？

「クルトさん、フィーアさん、アギトさんは入学決定者の中に含まれてますね。しかし残念ながらウィルさんは不合格でしょう。協力を頼むのは３人とアンナさんまでにしておいてください。これ以上、協力者が増えるのは危険ですから」

「分かりました。これからよろしくお願いします」

てか、ウィル不合格だったんだな……。

いいヤツなのに……悲しい。

「忙しいので私はこれで失礼させて頂きます」

「「えっ!?　きゃっ！」」

イレーナがそう言うと、扉の外で悲鳴がした。

……それは聞き覚えのある声だった。

「アンナさんにシエラさん……もしかしてこの話を聞いていたのですか？」

扉の向こうには、地面に倒れた女の子二人の姿があった。

一人は俺の幼馴染のアンナ。

もう一人は中庭でアンナと親しげにしていた子のようだ。

きっとアンナの友達だろう。

先ほどアンナを中庭で見かけていたこともあり、学園にいることに驚きはしないが……一体何をやっているんだ？

アンナも俺に気付いて、学園内を探し回っていたところ学園長室にたどり着いた、とか？

まぁなんにせよ2年ぶりの再会はあまりロマンティックな雰囲気ではなかった。

故郷を出てから再会するときはいつも戦場だったので、こうした何も戦いが関係ない場で会うことに少し懐かしさを覚えた。

「す、すみません……」

アハハ……、と悪戯《いたずら》に失敗した子供のような笑みを浮かべるアンナ。

その隣の子も同じような表情だ。

「その様子だとしっかり聞いていたようですね」

そう言って、イレーナは片手で頭を抱えた。

「ええ、それはもう……」

「バッチリと……」

二人はばつが悪そうに言った。

「ほっほっほ、まぁよいではないか。リヴェルとアンナはもともと仲が良いらしいからのぉ。それにアンナとシエラは実力、成績共に優秀でリヴェルを上手くサポート出来るじゃろう」

「学園長、そういった緩みが情報の漏洩《ろうえい》に繋がると思うのですが」

イレーナは学園長に対し、厳しい態度を取る。

「うむ。だがおぬしも気付いておったんじゃろう？　扉の前に二人がいることにのぉ」

おぬしも、ということは扉の前に二人がいることを学園長は既に知っていたようだ。

「……」

「知っていて、聞かせていたんじゃな。二人もよい協力者になってくれると思ったんじゃろう？」

「……流石は学園長ですね。その通りです。……ですが二人の行動は良くないもの。それとこれとは話が別です。注意すべき部分はちゃんと注意しなければなりません」

「ごもっともじゃの」

アンナとシエラは口をぽかーん、と開けて話を聞いていた。

「ということです。分かりましたか？」

「は、はいっ！　すみませんでした!!」

二人は姿勢を正して、頭を下げた。

「まったく……私はこれで失礼しますね」

イレーナはそう言って、学園長室から去っていった。

「……あの、ほんとにごめんなさい。悪気は……少ししかなかったんです」

アンナが申し訳なさそうに学園長に再び頭を下げた。

悪気は少しあったようだ。

昔からアンナはこういう場面で正直すぎるな。

「よいよい。若いうちはそういう経験も重要じゃろう。それで二人はどこからどこまで聞いたんじゃ？」

「えっと、イレーナ先生が部屋に入ってきてからの会話は全部……です……」

「ほほぉ。見計らったようなタイミングじゃの。まぁワシにはなんとなく理由も分かる。これ以上の詮索はせんわい」

「あはは……助かります」

アンナが少し恥ずかしそうに言った。

「さて、俺もそろそろ帰るとしよう。リヴェル、頼めるか？」

ルイスはそう言って椅子から立ち上がった。

「あ、はい。分かりました」

「ルイスを送ってきたらもう一度ここに戻ってきてくれるかの？」

「いいですよ。じゃあちょっとこの部屋少し借りてもいいですか？」

「ん？　別に構わんが何をする気じゃ？」

「転移魔法を使わせてもらいます」

宿屋の一室に記した魔法陣は転移魔法のベースとなるものだ。

ルイスの部屋に記したもの、これから記すもの、どちらもベースへと繋げる魔法陣だ。

ここからルイスの部屋に一気に転移することは出来ないが、一度宿屋に戻り、そこからルイスの部屋に戻ることは可能だ。

今までのように魔力で魔法陣を描いていく。

「……たいしたもんじゃのぉ」

「「す、凄い……」」

見慣れた魔法陣をスラスラと描き、完成。

「それじゃ少し待っててください」

「失礼する」

俺はルイスと共に魔法陣の上に立ち、転移魔法を唱えた。

一度宿屋を経由して、フレイパーラのルイスの部屋に転移した。

「ありがとうなリヴェル」

「いえ、感謝を言うのはこちらの方ですよ。ルイスさんには無理言って来てもらいましたから」

「そんなことないさ。お前のためにやれることがあるのなら、それは俺のためにもなる」

「ははは、ルイスさんらしいですね」

「ふっ、じゃあまたな。学園生活楽しんでこい」

「はい！　ではまた！」

ルイスと別れを告げた後、俺は再び転移魔法を使い、学園長室に戻ってきた。

「あ、リヴェルおかえりー」

「早いのぉ。あれだけの距離をこんな短時間で移動出来るとはなビックリじゃ」

「……えーっと、何をお飲みで？」

「おぬしを待っている間、前に貰っていた茶を入れておったのじゃ。安心せい、おぬしの分もちゃんとあるからのぉ」

机の上には確かに俺の分の茶が用意されていた。

この学園長、どんだけフレンドリーなんだ……。

「おっと、忘れんうちにこれも渡しておかんとな」

学園長は棚の引き出しを開けて、カードを取り出した。

「これは？」

「学園関係者の証じゃ。入学するまでの間はこれを門番に見せれば、学園内に入ることが出来る。頻繁に来られても困るのじゃが、急ぎの用などがあれば会えるようにしておくに越したことはないと思ってのぉ。ま、おぬしならこんなものを渡さんでも入り込めそうなもんじゃが」

「おじいちゃん、流石のリヴェルでもそれは難しいと思う」

「そうかのぉ？」

疑うような視線が4人から突き刺さる。

……英傑学園は確かに防衛設備がしっかりしている。

結界魔法に門番、警備員の存在。

そして学園内には多くの魔力の痕跡が見られた。

門では、関係者、部外者、を識別しているのだろう。

部外者として学園内に入れば、あちこちに仕掛けられた魔法が発動する――。

クロエが難しいというのも納得の防衛設備だ。

「多分無理ですね。学園長もそれが分かっているから、これを渡してくれたんでしょう？」

「ほぉ～、言ってみるもんじゃわい。おぬし、この学園の防衛設備がどんなものか既に見破ってお
るな」

……しまった。

そういうことだったのか。

「こんな学生が現れるとはワシも驚きじゃ、ほっほっほ」

……この学園長には隠し事をするのは中々骨が折れそうだ。

「いやー、アンナがあれだけ褒めてたあのリヴェル君でも流石に見破れてないんじゃない？」

「ちょ、ちょっとシエラ!?　何を言い出すの!?」

アンナは頬を染めながら、大きな声を出した。

「あらあらかわいい反応しちゃって～。実はリヴェルくんアンナね――もごもごっ」

シエラの口がアンナの手で塞がれた。

これでは何を言ってるのかさっぱり分からない。

「き、気にしないで！　あはは！」

「あ、ああ……」

「ぷはっ！　もう分かったってば！　もともと何も言うつもりないから安心しなさいっての。とりあえず、リヴェル君は見破ったたって言うなら学園の防衛設備がどんなものか言ってみて」

アンナから解放されたシエラは俺に挑発するように言う。

「別に見破ったなんて一度も言ってないが……」

「でも学園長は見破ったたって言ってるよ？」

「見破っておるじゃろ？」

「……まぁ、ある程度は」

「それなら言ってみて。当たってたらさっき言おうとしてたこと言ってあげるから」

「もうシエラっ！」

「じょ、冗談だってば！　でもアンナもリヴェル君が本当に見破ってるか気になるでしょ？」

「んー、リヴェルはあんまり嘘つかないから本当じゃない？」

「……まったく、これが幼馴染というやつね。ね、クロエさんは気になるでしょ？」

クロエはコクコク、と首を縦に振った。

「だよねだよね！」

そしてクロエとシエラは俺に期待の眼差しを向けた。

「……やれやれ。そうだな……まずは各所にある門の仕掛けだな。門の入り口に微細な魔力のラインが張り巡らされていた。術式が施されているのは門の柱だな。それで部外者と関係者を識別しているんだろう。で、部外者は学園内の至るところに仕掛けられている魔法でやられる……そんなところか」

　言い終えると、クロエとシエラは驚いた表情をした。

「えー!?　なんで分かるの？　普通は見えないのに！」

「見えたからとしか言えないな……」

「……リヴェル、本当に何者？　英傑学園内でもそれを見破れそうな人は少ない……」

「だから——ただの努力家だよ」

「努力で到達出来るレベルを遥かに超えている気がするんだけど……」

　ごもっともな言い分だ。

　ユニークスキル《英知《えいち》》があったからこそ、ここまで効率の良い努力が出来た。

　ただの努力家と言うのは、自分でも違っていると自覚しているが……まぁこう言うしかあるまい。

「ほっほっほ、リヴェルにも何かしらの事情があるのじゃろう。あまり踏み込んだことを聞いて困らせてはいかんのぉ」

「……そうだけど」

　クロエは、納得しきれないと言わんばかりの表情だ。

「私も凄く、凄～く気になるけど、実力の秘密のことなんて弱点を他人に教えるみたいなものだしね。我慢することにするわ」

「……そうね。私もこれ以上は聞かないわ」

「ははは……助かる」

俺はごまかすように笑った。

「さて、それじゃあここら辺で終いにしようかのぉ。ワシも仕事があるのでな」

ふわぁ～、と学園長はあくびをした。

このあと寝るんだろうな～、と俺は思いながら適当に返事をした。

貰うものも貰ったし、長居するのも学園長に迷惑なのは間違いない。

「……それにしても、リヴェルの頭の上に乗ってる子竜かわいいなぁ～！」

シエラがメロメロな表情でキュウを見つめている。

クロエも首をコクコクと縦に振っていた。

「あはは、キュウちゃんかわいいよね」

アンナはシエラの様子を見て笑った。

その様子を見たキュウがパタパタと羽を広げて飛んだ。

『よろしくっ！』

キュウなりの挨拶のようだ。

かわいいけど、段々とあざとくなってきているような気もする。

そしてしばらく3人はキュウのことを愛でていた。

「ふぅ～、満喫した。……あ、そうそう。これからみんなは予定ある？　良ければなんだけど、私たち協力者としてリヴェルを手伝うことになったわけだし、もう少しお互いのことを知っておいた方がいいと思うんだよね」

　学園長室から出ると、シエラが俺を含めた３人の顔を見て言った。

「あ、一緒にご飯とか食べたら楽しそう！」

「いいね、二人はどう？」

「一度家に帰るけど、夕食頃には合流出来ると思う」

「ほんと!?　クロエさんありがとう～」

　シエラがクロエの両手を握ると、クロエは頬を赤く染めて照れている様子だった。

「私とシエラは最近暇してるから二人に予定合わせれると思うよ。リヴェルは何か予定とかあったりする？」

「特に何もないが、せっかくなら他の奴らも呼びたいな」

「あ、リヴェルの冒険者時代の友達？」

「ああ、呼んでも平気かなと思って」

「良い人ばっかだからきっとクロエさんもシエラもすぐに仲良くなれると思うよ！」

　そういえばアンナはアイツらと面識があったな。

　魔物の大群が押し寄せてきたときに一緒に戦ったのが2年前か。

「……アンナに言わせれば結構な人が良い人認定されちゃうからなぁ」

「え～？　そんなことないよ」

　シエラとアンナは随分と仲がよさそうだ。

良い友達に巡り合えてよかったな。

「私も大丈夫」

「3人共大丈夫そうなら良かった。ありがとう。集まる場所は俺が泊まっている宿屋でいいか?」

そこで夕食も食べられると思う」

「丁度いいね、じゃあそこにしよう」

「じゃあ場所を教えるぞ――」

＊＊＊

宿屋で集まることを約束した後、俺は王都の街中にやってきた。

「フィーアを見つければみんなの居場所も分かるはずだよな」

今朝ランニング中のフィーアと会えたのはラッキーだったな。

フィーアの魔力を探せば、たぶん見つけられるだろう。

『あるじ、あれ見て!』

「ん?」

キュウが見ている先には、屋根の上を軽快に飛び移っていく男がいた。

男性は手に鞄を抱えている。

「ど、泥棒ーっ!」

道端から中年男性の叫び声が聞こえる。

どうやらあの屋根の上の男は中年男性から鞄を盗んだようだ。

助けてやりたいところだが……これから先、実力を隠さなければならない状況が待っているため迂闊《うかつ》に動けない。

……んー、仕方ない。

適当にあの男を追ってみよう。

そう思って、男を注視していると、凄い速さでもう一人の人影が屋根に飛び上がってきた。

そしてすぐさま男の手足を押さえつけて無力化した。

「……あれ、アギトじゃない？」

泥棒を捕まえた男からは獣の耳と尻尾が生えており、俺の中のアギト像と一致していた。

『アギトかどうか見てくるっ！』

そう言って、キュウは飛んで近付いていく。

周りの人の視線がキュウに集まる。

……まぁこれぐらいなら目立っても何も問題ないだろう。

『あれアギト！』

アギトを確認して、パタパタ、と俺の方へ戻ってきたキュウ。

そしてキュウの存在に気付いたようで、屋根の上にいるアギトと目が合った。

アギトはフッ、と一瞬だけ口元を緩めた。

衛兵に泥棒を、鞄を中年男性に返して、アギトは俺のもとへやってきた。

「おうおう久しぶりじゃねーか」

「久しぶりだな、アギト」

「おまえ入学試験で顔見なかったけど、ちゃんと受けてんのか？」

「まあな。ちゃんと入学は出来るさ」

「ほんとかァ？」

アギトは鋭い目つきで疑う。

「それについて色々話したいことがあるんだけど、これから暇か？」

「暇じゃねーが付き合ってやるよ。ありがたく思えな」

「おう、ありがとな。てかアギト、お前なんかちょっと変わったか？」

以前よりもアギトは落ち着いているように思える。

「さァな」

「丸くなったっていうか、大人びたっていうか……」

「うっせぇな。人助けしたぐらいで、んなこと言ってんじゃねェ」

「はは、悪い悪い。他のみんなも呼びたいんだけど、どこにいるか知らないか？」

「……ったく調子狂うぜ。クルトの奴は王立図書館で魔導書を読み漁ってるだろうな。フィーアも最近はクルトと一緒に魔法の勉強を頑張ってんな。運が良ければ図書館で二人に会えるぜ」

「ウィルは？」

「ウィルは多分俺みたいに適当に暇つぶしてんだろ。……ん、そういや王都の冒険者ギルドの依頼をこなしてるところを前に見たな」

「ありがとう。助かるよ」

アギトに俺が泊まっている宿屋に夕食のとき来てくれ、とお願いしてから俺はクルトとフィーアがいる可能性の高い王立図書館に向かうのだった。

王立図書館内は広く大きな本棚がいくつも並んでいる。

秘密書庫とは雰囲気が違っていて、利用しやすいように思える。

『キュウ、図書館の中では騒いじゃ駄目だぞ』

『分かった！』

キュウは基本的に大人しいが、念のため静かにしているよう伝えておく。

さて、ここで運よく二人が見つかればいいのだが。

「あっ、えっ!?　リ、リヴェルさんじゃないですか!?」

「おお、ウィルじゃないか。久しぶりだな」

「はい！　ほんと久しぶりです！　フィーアさんから今朝リヴェルさんを見たっていうことを聞いていたので会いたいなーって思っていたところなんですよ！」

「……図書館内では静かにな」

「あ、す、すみません」

「これから気を付ければいいさ。ところでクルトやフィーアはどこにいるんだ？　よく図書館内にいるとアギトから聞いたんだけど」

「あー、ちょっとタイミングが悪かったですね。ちょうど先ほどクルトさんとフィーアさんはリヴェルさんを探しに行ったんですよ」

「行き違いになったわけか」

「そうですね。でも行先は分かりますよ。クルトさんがもしかしたらリヴェルさんがここに現れるかもしれない、と言っていたので」

「……アイツらしいな」

「ははは、それで本当に現れちゃうんですからまるで予言者ですよね」

「妙に鋭いところがある奴だよ、昔から。それで行先は？」

「ラルさんの商会です」

「なんでラルのところなんだ？」

「リヴェルが王都にいるならラルは既に居場所を知っているんじゃないか？　って言ってました」

「アイツマジで鋭すぎだろ」

「えっ、じゃあもうラルさんと会ってるんですか？」

「ああ、今泊まってる宿屋はラルに手配されたものだし、王都には一緒にやってきた」

「うわー、クルトさん凄いですねぇ……」

「……だな。とりあえずラルに会いに行けばクルトとフィーアも一緒にいるかもな」

「ですね」

「よし、じゃあ早速……あ、ウィルは今読書中だったか？」

「いえ、魔導書を読むのに飽きてきたのでそろそろ図書館から出たかったところです」

「……そうか、じゃあ行こう」

「はい！」

＊＊＊

「リヴェル、やっと来たわね」

「久しぶりだな、リヴェル」

「今朝ぶりですね、リヴェルさん！」

「なんだ来るのが分かってたのか？」

「ええ、アギトがここに寄ってくれたからねー。図書館に向かったっていうのを聞いて、待っていればここにやってくるのは明白よね」

「まぁそうなったのは僕のおかげでもあるわけだけどね」

「相変わらず腹立つわね」

「ああ、これが僕だからね」

「……お前ら全然変わらないな。でも、クルトがラルのところに行くって判断したのは意外だったな」

ラルとクルトの言い合いを見るのも久しぶりだ。

なんだか心地がいい。

「それは僕は彼女が嫌いなだけで無能だとは思っていないからさ」

「ムカつく言い方しか出来ない病気にでもかかっているみたいね。かわいそうに」

「もう二人の関係には慣れっこですけどね。これでお互い、能力は評価してるところが面白いですよ」

「ははは、そうだな」

「そういえばリヴェルさん、英傑学園には入学出来そうなんですか？」

ウィルが言った。

「もちろん。それについてみんなに話したいことがあるんだけど、時間は大丈夫か？　英傑学園の3人と一緒に夕食を食べることになっているんだ」

「なるほど、今日は英傑学園に行ってたって訳だね」

「お祭しの通りだよ、クルト」

「……っていうことはリヴェルさんの料理が食べられるってことですよね？」

フィーアがウサミミを立てながら言った。

「最近誰かに作る機会なんてなかったからなぁ」

「えー！　作ってくださいよ！」

「僕もリヴェルの料理が食べたいな」

「リヴェルさん、自分も食べたいッス！」

「食材は揃えてあげるから作りなさいよリヴェル」

「ははは、じゃあ作らせてもらうか」

「やったー！　楽しみです！」

フィーアは嬉しそうに両手を挙げた。

＊＊＊

宿屋の厨房に立ち、食材を手に取る。

○『レッドボアの肉』
品質：高

俺は食材の品質を鑑定することが出来る。

これはスキル《料理人《りょうりにん》》の効果で食材以外の物は適応外だ。

○スキル《料理人》
このスキルは料理に携わる才能を持つ者だけが得ることが出来る。

スキル取得後、味覚・嗅覚・料理センスが上がる。
○取得条件
100人に心から美味しいと感じる料理を作り、食べさせる。


この2年の旅の中でほかの人に料理を振る舞う機会はいくらかあった。

そしていつの間にか、この取得条件を達成していた。

取得前後で食材の品質が分かるようになった以外の変化はあまり感じられない。

料理に関するセンスが上がるのならば、料理の腕が上達する手助けをしてくれているのかもしれない。

詳細は不明だが。

他の食材の品質も高く、豊富な種類が揃えられている。

ボア肉のハンバーグ、ロック鳥のスープ、ホワイトベリーのアイス……うん、他にも色々作ってみよう。

＊＊＊

出来上がった料理を長机に並べ終わる頃には、もうみんな集まっていた。

英傑学園の３人は既に挨拶を終え、会話に馴染んでいる。

みんなフレンドリーに接してくれて何よりだ。

食事が始まると、俺は英傑学園での出来事を話した。

スパイの存在、俺の実力がバレてはいけないこと、それをみんなに協力してもらいたいこと。

「面白そうじゃないか。ぜひ協力させてもらうよ」

「わ、私がミスしないか心配ですけど、リヴェルさんのためなら精一杯頑張ります！」

「ったく、めんどくせぇけど俺だけ手伝わねェのも気が引けるじゃねぇか」

「自分も入学出来れば手伝わせて頂きます！」

クルト、フィーア、アギト、ウィルの４人から協力的な返事を貰った。

ウィルが既に英傑学園を不合格になっていることは伝えられなかった。

許してくれ、ウィル。

お前の気持ちはとても嬉しい。

それにしても久しぶりに賑やかな食事だった。

一度席を立ち、夜風を浴びに外へ出る。

宿屋の前の広場にあるベンチに座って、周りを見渡し、星を見た。

街灯や店の明かりに照らされた王都の街の夜は明るい。

今までいた場所は明かりがほとんどない暗闇だった。

魔法で明かりを確保すると魔物達の標的になるため、暗闇に適応しなければならなかった。

今こうして外に出ているのも周りを警戒する、その頃の癖だ。

「……凄く楽しいね」

視界の隅で長いブロンドの髪がふわりと揺れた。

隣にアンナが座ったことを俺は横目で確認した。

「ああ、みんなでご飯を食べるってのはやっぱり良いものだ」

「リヴェルが来てくれただけでこんなに楽しくなるなんてね」

「この食事会を提案したのはシエラだろ？　俺は別に何もしてないよ」

「リヴェルの友達を呼んでくれたじゃん。あとは料理も作ってくれたし、それにリヴェルがいなかったら私も食事会の提案なんてしなかったよ」

「むぅ、それはそうだが……」

「あはは、そういうところ昔と何も変わってないねっ。私の知ってるリヴェルだったから、なんかこう……安心した」

「アンナは立派になったな」

「リヴェル離れしたからね」

「ハッハッハ、なんだそれ」

「でも、リヴェルがまた近くにいてくれるようになって私は凄く嬉しいよ」

「約束だったからな」

「流石だよね。リヴェルは私とした約束を絶対に破らないいんだもん」

「何回か破ってそうだけどな」

「ううん、そんなことない。……ありがとね」

「……なんだよ照れ臭いな」

「はは、そうだね。じゃあそろそろ戻ろっか」

「だな」

俺とアンナは立ち上がり、宿屋に戻った。

第四話　クラス分け

そして日は流れ、英傑学園の入学式がやってきた。

「皆さん……お元気で！　自分は冒険者として皆さんに追いつけるように実力を磨きます……！」

不合格だったウィルは泣きながら俺たちを見送った。

「はいはい。そんなに泣かなくても活動拠点をフレイパーラから王都に変えれば良いだけじゃない」

そんなウィルをラルは元気付けていた。

俺達は支給された制服を身にまとい、英傑学園の門を抜けた。

クラス分けの掲示板が張り出されており、付近では上級生と見られる生徒達が1年生達を案内しているようだった。

俺たちは掲示板に近づき、それぞれのクラスを確認する。

クラスは全部で4つあり、クラスA、クラスB、クラスC、クラスD、とアルファベットで分けられていた。

今年の入学者の数は約40人。

話によると定員に限りはなく、優れた者はみんな合格にしているらしい。

中等部からの奴らを含めると約１６０人になるため、１クラスの人数は約40人だ。

掲示板を見たところ、中等部からの生徒と高等部からの生徒で分けるようなことはしておらず、ごちゃ混ぜにしたクラス編成のようだ。

クラスＡ　俺、アンナ、クロエ
クラスＢ　アギト、フィーア
クラスＣ　シエラ
クラスＤ　クルト
４つのクラスのメンバーを見ると、俺達は全てのクラスに所属するように編成されていた。

俺のクラスに３人も振り分けられているのは、実力を隠すことも必要になるからだろうか。

確かに、それをサポートしてくれる人は出来るだけ多い方が安全性は高まる。

「なるほどね、ちゃんと考えられたクラス編成じゃないか」

クルトはそう呟いた。

「私とアギトさんは一緒のクラスですね」

「そうみてぇだな」

みんな大体確認出来たようだ。

「クラスを確認した新入生達はこちらに来てください！」

上級生に言われた通りに俺たちは動いた。

しかし、俺だけ止められた。

「従魔は預かり所で預ける決まりになっているんですよ。ついてきてもらえますか？」

「分かりました」

クルト、アギト、フィーアとはここで別れて、俺は預かり所に向かった。

みんなとは逆方向に歩いて行くと預かり所に到着した。

校舎の外にあり、厩舎のような建物だ。

『じゃあ待っててなキュウ。終わり次第迎えに来れると思うから』

『あるじ！　いってらっしゃい！』

キュウはよく俺と一緒にいるが、こういった場面で離れることになっても寂しがることはない。

賢い子だよ、本当に。

預かり所でキュウを預けると、俺は再び上級生の後をついていき、自分のクラスに向かった。

クラスは英傑学園の３階にあり、４つのクラスが並んでいる。

扉の上にクラスＡと書かれたプレートがあるので、そこに入る。

「あ、リヴェル！　おはよう」

「おはよう」

教室には既にアンナとクロエがいて、隣同士の席に座っている。

アンナとクロエが俺に声をかけると、周りの生徒からの視線が集まる。

入学早々に目立ってるような気がするんだが、大丈夫か……？

「あ、ああ。おはよう。座る席とかって決まっているのか？」

「ううん、決まってないよ。適当に座ればいいんじゃないかな」

「そうか」

既に目立ってしまったので、ここで変にアンナ達と距離を置いても逆に不自然だ。

それに目立つ、目立たないは何も関係なく、俺はただ自分の実力を隠せば良いだけのこと。

変に気にしすぎる必要もないか。

「よぉーう。お前高等部から入学してきた奴だよな？」

一人の生徒が俺の前の席に座り、背もたれに腕を乗せて後ろを向いてきた。

緑色の髪と愛想の良い笑顔が印象的だ。

「よく分かったな」

「そりゃ分かるさ。中等部の奴等の顔なんてみんな知ってるからな。誰だって簡単に見分けがつく」

まぁそうだよな。

「俺はエドワードだ。同じクラス同士仲良くやろうぜ」

手を差し出してきたので、それに応えて握手をする。

「よろしくな、リヴェルだ」

「……ところで、中等部組でもないお前がどうしてアンナ達と親しげなんだよ」

エドワードは周りに聞こえないような小さな声で言った。

「俺も小さな声で話した方がいいか？」

聞くと、エドワードは首を縦に2回振った。

「アンナとは幼馴染なんだ」

「なるほど、そういうことか。……でもクロエとはどうして親しげなんだよ」

「ま、ちょっとな」

「ちぃっ、そんな簡単には教えてくれないか。なにせアンナは学年№1でクロエは№4の実力者だもんな」

「……そうなのか？」

二人ともめちゃくちゃ強かった……というよりアンナは学年で一番強いらしい。

頑張ったんだな、アンナ。

幼馴染として誇らしい。

「なんだ、知らなかったのかよ。だったら多分、今日の入学式は面白いものが観れると思うぜ」

「面白いもの？」

「はーい、皆さん既に集まっているみたいですね。これから入学式を行いますので、会場に移動しますよ」

教室に教員がやってきて、俺たちは移動することになった。

エドワードの言う面白いものって一体なんだ？

教員の後に続いて、入学式の会場に向かう途中で俺は英傑学園内でも見覚えのある道を辿っていることに気付いた。

そして、エドワードは言った。

「まぁビックリするよな。まさか闘技場で入学式が行われるなんてさ」

そう、案内された場所は以前にクロエと模擬戦をした闘技場だった。

新入生達は観客席に座り、入学式が始まるのを待つ。

司会が式の進行をするみたいだ。

式の始めは学園長の挨拶のようで、闘技場の中央に学園長がやってきた。

学園長が英傑学園の方針や志などを語り終えると、次は副学園長のイレーナが現れた。

そして何の問題もなく入学式は進行していく。

「そろそろかな」

式の途中でアンナは席を立ち上がって、どこかに行ってしまった。

「アンナが行ったってことはそろそろ観れるみたいだぜ」

「例の面白いものか？」

「ああ」

どうやらアンナと何か関係のあることらしい。

一体何が始まるっていうんだ？

「これより交流戦を行います。代表者のアンナさん、クルトさん、入場してください」

アンナとクルトだって？

交流戦ってことはつまり二人が戦うのか？

「交流戦は毎年恒例の行事らしいんだ。なんでも中等部組が高等部組を下に見ることが多いらしくてな。その対策の一つが交流戦ってわけさ」

「代表者は何を基準に選んでるんだ？」

「そりゃもちろん実力だろ。高等部組の方は入学試験の成績だな。今年はあのクルトって奴が首席だったみたいだ」

……流石クルトだな。

「見ろよ、二人とも入場してきたぜ」

観客席から闘技場に視線を送ると、アンナとクルトが向かい合わせに立っていた。

「どっちが勝つと思う？」

「アンナだな。アイツは1年の途中から急に強くなりやがった。もしかしたらお前も知ってるんじゃないか？　英傑学園中等部の生徒が単独でマンティコアを倒したって話。あれ、アンナだぜ」

「そ、そうだったのか」

たしかあの記事は名前が公表されていなかったはず。

だから俺は今初めて知ったようなリアクションをとった。

「それまでは俺が学年で一番強かったのになぁ。生死の境を切り抜けたときの経験値ってのはとんでもないものなんだろう」

「今は何番目に強いんだ？」

「2番目だな」

「エドワード、お前そんなに強かったのか」

「へへっ、まあな。でも友達いねーからよ、俺の才能を当てられたら友達になってやるよ」

エドワードはとてもフレンドリーな奴なのに友達がいないとは少し信じられなかった。

「魔法使い系統の才能じゃないか？」

「ほぉ、どうしてそう思ったんだ？」

「単純だよ。剣士系統の次に多いのは魔法使い系統だからな」

「つまんねー理由だなぁ。ま、いいけどよ。部分的に当てられたから友達の友達ぐらいにはなってやるよ」

「それ意味違うだろ」

「ははっ、細かいことは気にするなよ〜。ちなみに俺の才能は【魔導師】な」

【魔導師】は魔法使いの才能の中でもトップクラスに優れたものだ。

よく【賢者】と比較される才能でもある。

そんなエドワードがクルトの戦いぶりを見て何を思うのか。

アンナとクルト、どちらが強いのか。

確かに、色々と興味深いものが観られそうだな。

闘技場で向かい合わせになるアンナとクルト。

「合格発表の日にこういった模擬戦をやることは聞いていたけど、相手がまさか君とはね」

クルトは奇妙な巡り合わせだと感じていた。

リヴェルの幼馴染で彼の近くに長年いた少女。

クルトはアンナこそがリヴェルの強さを支える根源であると疑わない。

リヴェルの努力はアンナのために、そしてアンナの強さもリヴェルの存在が大きいのではないか、クルトはそう思うのだ。

「あはは、胸を借りるつもりで頑張りますね」

アンナのこの言葉は謙遜などではなく、心からの言葉だった。

中等部では自分が学年で一番の実力だったが、それはあくまで一時的なものに過ぎない。

いずれ誰かに抜かされて自分は簡単に一番じゃなくなる。

そして、その方がみんなのためになり、自分のためにもなる。

「……そういうところ誰かさんに似てるね。……だから楽しい試合をしよう」

クルトは目を見開いた。

「はい！　もちろんです！」

アンナは誰かさんに似てる、と言われてリヴェルを想像した。

そして似てるなんて言われたことに思わず嬉しくなってしまった。

「それでは交流戦を開始してください」

司会のその一言で交流戦は始まった。

「なんだかやる気が出ない始まり方だ。でも今の僕にはそれで十分。なにせ君が相手だからね」

クルトは手を振りかざすと、５本の巨大な氷柱が現れた。

「えっ⁉　無詠唱⁉」

「はは、リヴェルも出来るだろう？」

「そうだけど……っ！」

鞘から剣を抜き、襲い掛かる氷柱を切り裂いた。

「やるね」

それはクルトも思わず感嘆の声をあげるほどの身のこなしだった。

「ピ――――っ」

アンナはすぐさま口笛を鳴らした。

すると、闘技場に大きな影が現れた。

空を見上げると、火竜が闘技場に向かって降下している。

ドンッ！

土埃が上がる。

そして視界が晴れる頃にはアンナは火竜の背に乗っていた。

「竜がいない間が好機ではあるんだけど、僕は少しずつ手の内を見せるのが好きなんだよね」

そう言うクルトは既にアンナに次の攻撃を用意していた。

土埃が舞う中でアンナ達の上に魔法で氷柱を作っていたのだ。

氷柱は勢いよく降下していくが、これに気付かないアンナではない。

「それは助かりますっ！　フェル、火炎！」

アンナは火竜のフェルに指示を出した。

フェルは上に向けて炎のブレスを吐いた。

じゅう、と音を立てて氷柱は蒸発した。

「さぁ、どんどんいこう。《多重詠唱》」

クルトの足元に青白く光る幾何学模様の魔法陣が現れる。

これはクルトが2年前の魔物の大群で対峙《たいじ》したデュラハンに使ったスキルだ。

一度の詠唱で二つ以上の魔法を発動させることが出来るクルトが編み出したスキルである。

無詠唱で魔法を放ってしまうため、相手に休む暇を与えずに攻撃を仕掛けられ続けることが可能。

しかし、ここで高威力の魔法を放ってしまえばすぐに決着を迎える恐れがある。

だからクルトはあえて、簡単に攻略出来てしまうような魔法を放った。

風の刃で攻撃する《鎌鼬《かまいたち》》、渦のようにアンナの周りを覆う《火渦《ひうず》》、鋭く勢いのある水が放射される《水撃《すいげき》》、それらを一瞬のうちにクルトは発動した。

「フェルッ！」

アンナが叫ぶとフェルは翼を広げ、勢いよく振り下ろした。

引き起こされる風圧にクルトの魔法は全て無力化された。

「次はこっちの番だからね！　《灼熱炎舞《しやくねつえんぶ》》」

フィルは飛び、炎のブレスを吐きながら翼を回転させ、旋回した状態でクルトに突撃する。

その背中に乗るアンナもフィルの突撃によって生まれた力を活かし、多方面からの斬撃を浴びせる。

「凄い技だけど――それじゃあ僕には届かない」

クルトは《アースクエイク》を詠唱。

地面を隆起させて出来た土塊が突如としてアンナとフィルの前に現れる。

「こんなものっ！」

土塊を瞬時に斬り裂くが、その先にクルトはいない。

クルトは《テレポート》でアンナの後方へ移動していた。

「そこ！」

しかし、それにアンナは気付いていた。

正確さには少し欠けるが、クルトの魔力の流れをアンナは追ったのだ。

フィルを巧みに操り、器用にその場で折り返した。

先ほどのクルトの防御を見事打ち破り、アンナの攻撃が直撃する好機となった。

《灼熱炎舞》が一度でも当たれば、この模擬戦はアンナの勝利になるほどの威力を持つことは一目瞭然だ。

しかし、それを目の当たりにしてもクルトが動じることはなかった。

「流石リヴェルの幼馴染だ。２年前の僕では成す術がなかったかもしれない」

クルトは素直にアンナを称賛する。

《無詠唱》、《多重詠唱》を利用し、いくつもの魔法を瞬時に発動させる規格外の戦法。

それを力技で打ち破るアンナの【竜騎士】としての実力と才能は英傑学園でも最高峰のものだろう。

だが、あれから2年経ったクルトにとって《灼熱炎舞》を対策することなど造作もない——。

「《賢者ノ時間《マジシャンズタイム》》——これは僕だけに許された時間だ」

クルトの目が朱色に輝く。

《賢者ノ時間》は、古代魔法を知り、現代魔法を極め、【賢者】の才能を持つクルトにだけ許されたユニークスキルだ。

魔法によって自身の両眼を一時的に魔眼化するというもの。

魔眼化した片目は、視覚によって認識することが出来る情報量が10倍になり、映るものの動きがスローモーションのようにゆっくり見えるようになる。

そしてもう片方の目はスローモーションの状態で2秒先の未来を映し出す能力を持つ。

片方ずつ見えるものが違うため、常人には上手く扱うことが出来ないだろう。

だが【賢者】のクルトならば、それを完璧に使いこなすことが出来る。

それゆえに《賢者ノ時間》はクルトだけに許された時間なのだ。

「なんだアイツ……化物かよ」

交流戦を見た誰もがそのような感想を抱くだろう。

俺の横で観戦していた【魔導師】のエドワードはクルトの実力を見て、口を開けて、震えていた。

エドワードの額からは冷や汗が垂れていた。

「アイツ、めちゃくちゃ成長してるな」

「は、はぁ？　リヴェル、もしかしてクルトって奴と知り合いなのかよ」

「ああ。一緒の冒険者ギルドに入っていたんだ」

「マジかよ……な、なぁ、じゃあクルトの才能は一体なんなんだ？　【賢者】か？」

「お察しの通りだよ」

「……ふぅ、すげ～な。【賢者】と【魔導師】はよく比較されがちでさ、【賢者】の奴にライバル意識ってもんはあったんだが……いざ目の当たりにしてみると尋常じゃない実力差があるみてえだ」

「いや、あれはクルトが異常なだけなんじゃないか……？」

俺は苦笑いをしながら、決着を見届けた。

交流戦の結果はクルトの圧勝だ。

一時はアンナが優勢のように思われたが、クルトが本気を出した途端にアンナは手も足も出なくなっていた。

「だといいけどな……。あれが普通の【賢者】の才能だったらへこむわ……。しかも英傑学園の中等部に来てなくてアレだぜ。こんなの見せられたらアイツを超えるのは無理だって諦めも付くなぁ」

周りの新入生達を見ると、エドワードと同じような様子だった。

たった一度の交流戦でクルトは分からせたのだ。

この学年で一番強いのはクルトだ、と。

闘技場を見ると、アンナは笑顔でクルトと握手をしていた。

「強かったよ、流石はリヴェルの幼馴染だね」

「いやいや、完敗でしたよ！　でも必ずクルト君に追いついてみせるからね」

「それは楽しみだ」

読唇術で二人の会話を読み取ると、どうやら学年で唯一アンナだけはクルトに勝つことを諦めてないみたいだった。

あれだけの実力差を見せつけられても心が折れないのはアンナの凄いところだ。

感心して見ていると、クルトと観客席にいる俺の目が合った。

それはまるで感想を求める子供のようで、

「今の僕と君、どっちが強いかな？」

そんなことを言いたげに思えた。

アイツ……俺の実力を隠すのに協力する気あるのか？

俺と戦いたくてたまらないって顔してるぜ。

勘弁してくれよ、ほんとに。

……ま、クルトらしいけどな。

＊＊＊

交流戦を最後に入学式は終了し、俺たちはクラスへと戻った。

クラスで女性の教員が生徒達に着席するように言い、みんなは素直に従った。

「私はクラスAを担任することになったミルフィです。これからよろしくお願いしますね。入学式で学園長が話していた通り、本学園では生徒達の自主性がかなり問われます。3ヶ月に一度ある実力発表で情けない結果を残すと、退学も十分あり得ますので、それだけは十分に気をつけましょうね。ルールや方針、入学案内などの資料は以前に渡したと思うので、ご存じだったと思いますけども」

ミルフィの話を聞く生徒達に緊張感が漂う。

合格発表の日に合格者達はいくつもの資料が配布された。

ミルフィが言うように、資料は配布されたときに必ず目を通しておくように言われていた。

英傑学園ではテオリヤ王国にある一般的な騎士学校、魔法学校よりも実力が重要視されている。

講義態度、筆記試験、実戦演習、主にこの3つで個人の成績が付けられるのだが、生徒達の関心はそれらにない。

生徒達の関心は、ミルフィの言う、3ヶ月に一度ある実力発表だ。

入学から1週間後、初めての実力発表が行われる。

そこで生徒達は実力を披露し、教員から課題を与えられる。

生徒達はその課題に取り組み、3ヶ月後に与えられた課題に対する自分の答えを用意しておかなければならない。

　課題に対する答えが振るわないことが続けば、特別な処置が取られると、記載されていたことから退学も十分あり得るのだ。

「今日は簡単なオリエンテーションだけで終了です。皆さんで自己紹介とクラスのリーダー、サブリーダーとなるクラス長、副クラス長を決めてください。私はそれを後ろで見学していますね」

　ミルフィは笑顔でそう告げると、席の間を通って教室の後ろの壁に寄り掛かった。

「それじゃあまずは自己紹介から始めようか。一番左上の席に座っている僕から順番に自己紹介していけばいいかなって思うんだけど、どうかな？」

　一人の男が椅子から立ち上がって教室を見渡すように話した。

　ニコニコとして爽やかな印象を受ける中々の好青年だ。

「いいんじゃない？」

「いいぞー、こういう場は中等部の奴らが率先していかないとな」

　クラスからは彼を肯定する声があがった。

　どうやら彼は中等部からの生徒みたいでもともと顔馴染みも多そうだ。

「ははは、ありがとう。俺の名前はヴィンセントだ。才能は【魔法剣士】で魔法使い、剣士どちらも最上級クラスだ。我が家の爵位は伯爵と、それなりの身分だが、みんな気にせず話しかけてくれると嬉しいよ。ここにいるみんなは将来、この国を背負って立つ人ばかりだろうからね。俺のことを知っている人はもちろん、知らない人とも仲良くやっていけたらいいなと思っていて、みんなにはよく話しかける機会があると思う。そのときは面倒だろうけど、会話に付き合ってくれると嬉しいよ。これからよろしく！」

彼が話すと笑いが起きて、クラスに漂っていた緊張感が上手くほぐれた。

ヴィンセントは先ほどの印象通り、爽やかに自己紹介を終えたようだ。

そして、自己紹介はヴィンセントから順番に進んでいった。

「クロエです。よろしく」

クロエの番になると、少し眠そうにしながら、とても簡潔な自己紹介をした。

「えーっと、アンナです。才能は【竜騎士】で赤竜騎士団に所属してます。これからよろしくお願いします！」

アンナの自己紹介は明るく元気な印象を受けた。

交流戦で一つも緊張している様子はなかったのに、この場では少し緊張しているようだ。

若干どこかズレてるところがあるのは昔から変わらないな。

そして俺の番が回ってくる。

みんなからの視線が寄せられているのを感じる。

中等部にいなかった者は特に注目されているようだ。

交流戦でクルトが見せた活躍も少し関係していそうなもんだが。

さて、才能は言った方がいいのだろうか。

今までの自己紹介をした7人はみんな才能を言っており、言わなかったのはクロエただ一人だ。

必ずしも言わなければならないこともないのだが、なんとなく言った方がいいような流れである。

少し困ったが、これまでの経験から俺は才能を言わないことにした。

この才能はあまり第一印象が良くないみたいだからな。

「リヴェルです。入学前は冒険者活動をしたり、世界を旅したりしてました。よろしくお願いします」

自己紹介を終えた俺は椅子に座る。

波風を立てることもない無難な自己紹介だったように思える。

高等部から英傑学園に入学する者で冒険者をやっていた人は少なくない。

なので、俺の自己紹介はよくいる高等部から入学した人と思うはずだ。

自己紹介はその後も順調に進んでいった。

みんなの自己紹介が終わると、次はクラス長と副クラス長を決める必要がある。

「さて、これからクラス長を決めると思うのだけど、まず僕から推薦させてもらいたい人がいる」

自己紹介を終え、一呼吸を置いてからヴィンセントは言った。

「交流戦の代表にも抜擢《ばってき》されたアンナ君をクラス長にすべきだと思う」

「え、私？」

アンナは驚いた表情で自らの人差し指の先を自分に向けた。

「そうだとも。実力と人望を考慮すれば、君以上に適任はいないよ」

「んー、ありがたいけど私にはそういうの向いてないかな。みんなをまとめる役とか少し苦手だし」

「人をまとめることなんて誰にだって出来る。リーダーに必要なものはまとめる力じゃなく、みんなから信頼されることだと俺は思うんだ」

「それならヴィンセント君が適任じゃないかな？　中等部の頃にクラス長やってたでしょ？」

「ふむ、これでは話が進まないな。あまり気乗りしないが多数決を取るのはどうだろうか」

「別にそれでいいんじゃないか？」

エドワードがヴィンセントの呼びかけに応えると、ヴィンセントはわずかに眉をひそめた。

本当にわずかな動きだった。

スパイの存在を探る役目があり、周りをよく観察している俺でなければ気付かないだろう。

きっと本人も気付いていないはずだ。

「ありがとう。もし他にクラス長に立候補したい人がいれば遠慮なく名乗り出てくれ」

しばらく待っても他に名乗り出る者はいない。

「よし、それじゃあ俺とアンナ君で多数決を取ろう。多かった方がクラス長だ。アンナ君もそれで文句はないね？」

「うん。そのときは頑張ってクラス長をやらせてもらうね」

「よし、では早速だが多数決を取りたいと思う。俺とアンナ君を除いた者達には、どちらかに挙手をして欲しい。もし票数が同じだった場合はもう一度多数決をしよう」

多数決か……。

どちらに入れようか。

どうやらアンナは乗り気じゃないようなので、ヴィンセントに入れるのも一つの選択だ。

先ほどからクラスの様子を観察しているが、ヴィンセントの交流関係は広い。

入学式前のクラス内でもヴィンセントの周りには10人ぐらいの人集《だか》りが出来ていたのを覚えている。

今もこうして進行役を務めているのはヴィンセントでリーダーシップを発揮している。

しかし、それが妙に引っかかる。

……知り合ったばかりのクラスメイトを早々に疑うのも気が引けるな。

考えを戻して、どちらに投票するか考えよう。

アンナが乗り気じゃないのは、クラス長としてみんなをまとめることが出来るのか不安だからだと、俺は思っている。

クルトとの交流戦で少し自信をなくしたのかもしれないな。

……さて、それらを踏まえ、クラスAの一員としてクラス長に相応しいと思う方に挙手をしよう。

「ではこれから多数決を取りたいと思う。まず、俺——ヴィンセントにクラス長をやってほしいと思う者、手を挙げてくれ」

ヴィンセントは丁寧に挙手した数を数えていく。

「ふむ、16票か。では次にアンナ君にクラス長をやってほしいと思う者は手を挙げてくれ」

ここで俺は挙手をした。

周りを見ると、クロエ、エドワードもアンナのときに挙手をしていた。

ヴィンセントはそれらを再び丁寧に数えた。

「22票。ちゃんとクラスの全員が多数決に参加してくれたようだね。ありがとう。ではその結果を踏まえ、クラス長はアンナ君に決定だ」

「……よし！　こうなったらクラス長頑張るしかないよね。少し頼りないかもしれないけど、これからよろしくね！」

アンナがそう言うと、クラスから拍手が送られた。

「アンナー！　頑張ってー！」

「応援してるぞー！」

「あはは、ありがとう～！」

アンナを歓迎する人達は結構いてくれて俺は少しホッとした。

「それじゃ、副クラス長なんだけど、さっき16票入っていたヴィンセント君に任せても大丈夫かな？」

クラス長になったアンナは早速、ヴィンセントにそう尋ねた。

「アンナ君を推薦したのも俺だし、ここで断る訳にはいかないよね。副クラス長が俺でいいなら喜んで引き受けさせてもらうよ」

「当たり前だぜ、ヴィンセント！」

「アンナちゃんをしっかりサポートしてやれよ！」

「ははは、頑張るよ」

歓迎の声を聞くにヴィンセントの人望も中々に厚いみたいだ。

「無事にクラス長と副クラス長が決まったみたいで良かったです。皆さんはこれから入寮手続きなどあると思うので、今日はこれで解散です。明日から講義が開始されるので、遅刻しないように」

ミルフィがそう言って、今日はこれで解散になった。

すると一気に空気は緩くなり、話し声でざわざわしだした。

「リヴェル、寮の場所は分かるか？」

前の席に座っていたエドワードは後ろを向き、声をかけてきた。

「なんとなくは頭に入ってるな。入学前に学園内の地図は見ておいたから」

「それじゃあ大丈夫だな。とっとと寮に行って手続き済ませておくといいぞ。じゃ、また明日な」

「助かるよ、また明日」

エドワードは椅子から立ち上がると、手を振って教室から出て行った。

俺も立ち上がり、後ろを向く。

そこには幼馴染が机の上に顔を乗せて、両腕を伸ばしていた。

「選ばれてしまった……」

そう言うアンナの声は重い。

多数決で選ばれた手前、ああ言うしかなかったのだろう。

本人は決定した後も乗り気じゃない様子だ。

「もぉ〜、なんでクロエとリヴェルは私を選んじゃうかな〜！」

「アンナの方が適任だと思ったから」

「俺もそうだな。それに俺達二人がもう片方を選んでも結果は変わらないぞ」

「むぅ、分かってるけどさぁ……」

「なんでそこまで乗り気じゃないんだ？」

「……んー、秘密。言いません！」

断固拒否、そういった感じだ。

「ははは、仲睦まじいね。えーと、リヴェル君だっけ？　入学して間もないのにどうしてこんなに親密なんだい？」

ヴィンセントが持ち前の笑顔で声をかけてきた。

「アンナとは幼馴染なんだ。クロエともなんだかんだ接点があってな」

「なるほど。じゃあこれからは僕とも仲良くしてもらいたいものだね。よろしく」

そう言って、ヴィンセントは手を差し出した。

「ああ、よろしく」

俺もヴィンセントの手を握ったのだが、その瞬間にヴィンセントは力を加えてきた。

中々の力でうっかり強く握ったとか、そういうレベルではない。

「そろそろ離してもらってもいいか？」

「おっとごめんごめん。ついボーッとしちゃってたよ。最近忙しくてね」

「大丈夫だ。気にしてない」

「リヴェル君が優しい人で良かった。それとアンナ君、俺からの推薦でクラス長を任せることになってしまって申し訳ない」

「ううん、大丈夫だよ。そりゃあまり乗り気ではないけど、推薦してもらえること自体はとても嬉しいから」

「それなら良かった。君ならこのクラスの良いリーダーになれると確信しているよ。俺も副クラス長として出来る限りのサポートはさせてもらうよ」

「頼りにしてるよ！」

「任せてくれ。それじゃあまた。クロエ君とリヴェル君もこれからよろしくね。それじゃ」

そう言ってヴィンセントもまたクラスを去って行った。

残ったのは俺たち３人だけだ。

「ハァ……」

アンナは憂鬱そうにため息をついた。

「元気出してください。期待されてる証拠ですから」

「クロエ～、ありがとう～」

「あまり抱きつかないで。恥ずかしい」

「もうっ～、かわいいなぁ～っ」

アンナはクロエをぎゅーっとして離さない。

前々から思っていたが、アンナは抱きつくのが好きなようだ。

「そろそろやめてやれ。クロエが迷惑そうにしてるぞ」

「うっ、ごめん」

「そこまで気にしてない。恥ずかしいだけだから」

「じゃ、じゃあ！」

「だから抱きついて良いって訳でもないだろ」

「……はーい」

アンナは残念そうに肩を落とした。

「さてと、俺もそろそろ寮に向かうかな」

寮の部屋の鍵を貰わなきゃいけないみたいだし、面倒ごとは早めに片付けておきたい。

「あ、夕食はみんなで一緒に食べようよ」

「そうだな。クルトとアギトには見つけたら俺の方で声をかけておくよ」

「じゃあ私達はフィーアとシエラに声をかけておかなきゃね」

「仲良くしてても平気かな？」

クロエの言う「平気」とは、スパイのことや俺の実力を隠すことについてだろう。

「平気だよ。むしろ最初から仲が良いことを周りに見せておいた方が動きやすいだろうな」

「それもそっか」

「ああ。じゃあ俺はもう行くよ」

「寮があるのは同じ方向だし、一緒に行こうよ」

「それもそうだな。じゃあ行こうか」

俺たち3人は並んで寮に向かって歩きだした。

英傑学園では学期中、全生徒が寮生活を強いられる。

貴族の身分の者、王都に実家がある者、関係なくみんなが寮で生活することとなる。

それは中等部でも変わらない。

学期が終わると、生徒達は帰省することが出来る。

「そういえばアンナって英傑学園に入学してから帰省したか？」

ふと気になったことをアンナに聞いてみた。

「してないよ。リヴェルが高等部に入学してきてからしようと思ってた」

「なるほど。俺も一度も帰ってないからなぁ。学期が終わったら一緒に帰省するか」

「うんっ！　ふふ、そう考えると楽しみだな〜。リヴェル特製スイーツがまた食べられるよ〜」

「前にみんなで夕食を食べたときに作っただろ？」

「そうだけど、やっぱりリヴェルのスイーツはリヴェル家で食べてこそだよ！」

「別にそこまで関係なくないか？」

「ある！」

「分かった分かった。そこまで言うならあるのかもな」

「ええ、ありますとも！」

「……あの、あまり二人でイチャイチャしないでもらえる？　聞いてるこっちが恥ずかしい」

クロエは半目で少し呆れた視線を俺達に向ける。

「イチャイチャしてるか？」

「イチャイチャしてないよ？」

アンナと返事が被った。

「ハァ……どう見てもしてるわ……」

いや、別に普通の会話な気がするんだが……。

もしかすると、周りからはイチャイチャしてるように見られるのかもしれない。

「クロエがそう言うなら少し気をつけようか」

「そうだね」

「大丈夫、久しぶりに会った幼馴染だもの。私が我慢するわ」

「……なんかそう考えると私、急に恥ずかしくなってきたかも」

「その感覚が俺には分からないな……」

「えー、努力のしすぎで感覚が麻痺してるのかも？」

「本当にそうかもしれないわね」

「怖いからやめてくれ、いや、やめてください」

本当なら洒落にならない。

「って、そういえばキュウを引き取りに行くの忘れてた」

「あー、そういえば小型の従魔なら寮内に連れ込んでも大丈夫だったね」

「そういうことだ。二人は先に行っててくれ。俺はキュウを迎えに行くから」

「分かったー」

「……あの、リヴェル」

預かり所に向かおうとしたところをクロエに引き止められた。

「ん？」

「……夕食のとき、キュウも連れて来て」

クロエは手をモジモジさせながら、恥ずかしそうに言った。

「ははっ、分かったよ」

キュウは相変わらず人気者のようだった。

＊＊＊

キュウを迎えに預かり所へ行くと、近くの木にクルトが寄りかかって本を読んでいた。

クルトも俺に気付いて、本から目を離し、俺に視線を向けた。

「やぁリヴェル。今朝、預かり所へキュウを預けているのを思い出してね。ここで君を待っていたんだ」

「お前らしいな」

「リヴェルと雑談がしたくてね。先にキュウを引き取ってきなよ。僕はここで待っているから」

「分かった。助かるよ」

預かり所に入ると、職員は俺の顔を見るや否や「ちょっと待っててくださいね」と言い、キュウを抱きかかえてきた。

「この子、良い躾がされてますね。こんなに賢い子は中々いませんよ」

職員は珍しそうに、キュウについて語った。

『えっへんっ！』

抱きかかえられているキュウは自慢げだ。

「そうでしたか。別にこれといった躾はしてないんですけどね」

「やはり竜種なだけあって賢いのでしょうね。言葉を理解しているかのようです」

「ええ、理解してますよ」

「……えっ!?　ほんとですか!?」

キュウは出会ったころから《念話》で喋ることが出来たのであまり凄いことではないのかと思っていたが、職員の反応を見るに、普通はそんなこと出来なそうだ。

「言えば大体分かってくれますよ」

「それは楽でいいですね……。どうりで手間がかからない訳です」

「いやいやそんな。また明日も預けに来るのでそのときはよろしくお願いします」

「はい、お待ちしております」

キュウを引き取ると、キュウはパタパタと翼を動かして、ちょこんっと俺の頭の上に乗った。

預かり所を出て、クルトに話しかける。

「待たせたな。クルトは寮の鍵は貰ったか？」

「これからだね」

「じゃあ歩きながら話すか」

「ああ、そうしよう」

そして俺達は寮へ向かって歩きだした。

英傑学園内は広いので、移動時間は会話するのにもってこいだな。

「交流戦、見てくれたかな？」

「あの場で見ない方が難しいな」

「ふふ、違いないね。正直に言うと今の僕の興味はリヴェルと戦うことだけなんだ」

「ぶ、物騒すぎるだろ！」

「なに、半分は冗談さ。なにせリヴェルをサポートすることと真逆にあるからね」

「……それなら良いんだけどな。それと、そういうことはあまり話題にも出さないでくれよ」

「大丈夫。周りに誰もいないことは確認済みだから」

「そういうところは抜け目がないな」

「まあね。じゃあ最後に一つ聞いても良いかな？」

「ん？」

「――僕とリヴェル、どっちが強いかな？」

少し困った。

けど、俺はクルトの実力を見た率直な感想を述べよう。

それがクルトの興味を更に引くものになったとしても。

「俺かな」

「よかった。正直に言ってくれて。もしさっきの質問の答えが僕だったら、今ここで襲いかかっていたかもしれないよ」

「襲いかかるな」

……さっきから物騒すぎるんだが、いつからこんなに戦闘狂になってしまったのだろうか。

いや、戦闘狂とは少し違うな。

なんとなくクルトの考えは俺にも当てはまる。

クルトはきっと、自分の実力を試したいだけなのだろう……たぶん。

「リヴェル。僕はね、弟子は師匠を超えるべきものだと思っているんだ」

「お前俺のことそこまで師匠と思ってないだろ……」

「いやいや、思っているとも」

昔、師匠というよりライバルだと思ってる、みたいなこと言われた気がするんだけどなぁ……。

「そうか……？　まぁ全ての師弟関係にその法則が当てはまったらとんでもないことになりそうだな」

「ははは っ、間違いないね。でも、僕は楽しくて魔法を学んでいるうちに気付いてしまった。魔法っていうものは科学と似ていて、生活を便利に、そして豊かにするものだ。だが、攻撃魔法の存在意義は一体なんだろうか？　木に風魔法を唱えれば、伐採が捗るだろう。荒れた大地に土魔法を唱えれば、整地出来るだろう。だけど、それらは副産物に過ぎないのさ。でなければ、世の中に多くの攻撃魔法で溢れていることの説明が付かないからね。だから、僕が思うに、本当の意味で攻撃魔法の存在意義というものは、他者よりも優れていることの証明なんだ」

「……難しく考えすぎだろ」

だが、クルトの言うことはなんとなく理解出来る。

そして、クルトのあの規格外の強さも、この考えを聞けば納得だ。

クルトは――。

「僕の魔法の探究の終着点、それは世界で最も優れた――いや、敢えてこう言うべきだろう。世界最強の魔法使い。それが僕の目指すもので、そのためにはリヴェル、君に勝たなければならない」

「なるほど。言いたいことは分かった。相手なら平和になったとき、いくらでもしてやるさ」

「はは、嬉しいね。そのときを楽しみにしているよ」

話の区切りがいいところで丁度男子寮に到着した。

男子寮、女子寮、共に高級な宿屋のようだった。

英傑学園に通う生徒は貴族も多い。

施設もそれなりのものを用意しているのだろう。

そんなことを思いながら、俺は1階で寮の職員から鍵を貰う。

３０２。３階か。

おっと、そういえばクルトに伝えることがあったな。

「あ、そうだ。今日の夕食をみんなで食べたいってアンナとクロエと話していたんだが、一緒にどうだ？」

「もちろん、ご一緒させてもらうよ。じゃあ僕は1階だから、また後で」

「じゃあな」

手を左右に振り、クルトと別れた。

階段を上り、３階に着いた。

白を基調としたシンプルな部屋だが、設備は十分で、広さも中々のものだ。

生活に便利な最新の魔導具も揃えられていた。

「さて、後はアギトを探さないとな」

部屋の中を確認した俺は、早々に部屋を出た。

しかし、寮内であまり部屋の外へ出歩いている者は少ない。

特に用事もなく廊下に出たりする物好きは中々いないか。

それなら——《魔力感知《まりょくかんち》》を使おう。

《魔力感知》は《探知魔法《たんちまほう》》の上位互換だ。

《探知魔法》は周囲の状況を知るための魔法で、対象の詳細まで知ることは出来ない。

例えば、使用した場所が森の中ならば、魔物の位置は分かるが、それがどんな魔物かは分からない。

だが《魔力感知》ならば、魔力の大きさや性質を分析し、その対象が何か分かる。

それだけでなく《魔力感知》ならば、周囲に魔力を放出する必要がなく、使用していることがバレにくいため、実力を隠すにはもってこいだ。

ふむふむ……ん？

……なるほど、どうやらアギトは寮の中にいないみたいだ。

この場所は闘技場か。

アギトと対面しているのは、ヴィンセントだ。

なぜヴィンセントが？　……嫌な予感がするぞ。

アイツ、入学早々に問題を起こしているんじゃないだろうか。

とりあえず、闘技場に行ってみよう。

＊＊＊

闘技場の観客席に上がり、様子を見ると、アギトとヴィンセントが戦っていた。

自己紹介のときに言っていたようにヴィンセントは剣の腕は中々のものだった。

英傑学園に中等部から入学しているのは伊達じゃない。

剣と剣がぶつかり、金属音が絶え間なく闘技場に響き渡っている。

攻めているのはアギトだが、ヴィンセントはそれを涼しい顔で流している。

「やはり高等部からの入学者は中等部よりも劣っているよ。それを君が証明してくれている」

「うっせぇなぁ。さっきから口だけじゃねェか。それに、たかが模擬戦でここまで調子に乗れるのも才能なのかァ？」

「くっくっく、分かったよ。お望みならすぐに終わらせてやるさ——《俊速魔剣《しゅんそくまけん》》」

ヴィンセントは目にもとまらぬ速さでアギトに３回、斬撃を入れた。

魔法使いとしても最上位の才能を持つ【魔法剣士】だから出来る、魔法と剣術を掛け合わせた圧倒的なスピード。

アギトは驚いた様子だった。

目を見開き、口を開けたまま、冷や汗を流していた。

模擬戦が終了したのを見て、初めて自分が攻撃を受けたことを認識したのだろう。

「君はさっき言っていたな。たかが模擬戦で調子に乗っている、と。俺は思うんだ。それは君の方なんじゃないか？　ってね。そこまで言うなら、模擬戦が終わった今、俺に斬りかかってこいよ」

「……ハァ？」

「英傑学園内での戦闘は闘技場を用いて、模擬戦として行わなければいけないルールだが、俺の実家は伯爵家だ。多少の融通は利く。それに場所も闘技場だ。謝って模擬戦ではなかったという言い訳も一度なら問題なく通る。だからさ、来なよ。調子に乗っていたのはどちらか、ハッキリさせてやるよ」

アギトは柄をグッと握りしめる。

俺はアギトほど負けず嫌いな奴を見たことがない。

今のアギトの心情を考えると、悔しさで胸がいっぱいだろう。

「安い挑発だなァ……だけどいいぜ。乗ってやらァ！」

「ハッハッハ！　馬鹿は扱いやすくていいな！」

アギトは剣に炎を纏わせて駆け出す。

ヴィンセントは剣に水を纏わせる。

二人の剣戟《けんげき》は早々に決まりそうだった。

ヴィンセントがアギトの実力を優に上回っているのだ。

水を纏った剣がアギトに振り下ろされる。

もうアギトに反応は出来ない。

斬られれば致命傷は免れないだろう。

実力を隠さないといけない状況にある俺だが、これは見過ごせない。

俺が強くなったのは、アンナのためはもちろんだが、大切な人達を守るためでもあるのだから。

「──なにっ!?」

ヴィンセントの剣を受け止めると、彼は驚いた表情をした。

そしてすぐに俺を睨みつけた。

「そこまでにしておいてもらおうか。アギトは俺の友達なんでな」

「リ、リヴェル……」

「オイオイ、人聞きが悪いな。襲いかかってきたのはそっちだぜ？」

「すまない。だが友達なんだ。一大事となれば見過ごせない」

「……ふぅ～ん。じゃあ分かった。お前、アンナと幼馴染だったよな？　身を引けよ」

「どういうことだ？」

「俺はアンナの顔に惚れている。あれは上玉だな。なんとかして自分のものにしたいんだ。だから、いきなり現れた幼馴染のお前は邪魔だ。消えてくれ」

「断る」

「は？　お前がそんなこと言って良い立場か？　そこで二つ返事をしていればいいものを。追加する。クロエとも関わるな」

「……なんでクロエが出てくるんだ？」

「俺はかわいい子に目がない。俺以外の男がかわいい女と仲が良いとイライラするんだ」

こいつ、想像以上のクズだな。

クラスで見せていたあの爽やかさは、そのドス黒い欲望を叶えるための仮面でしかなさそうだ。

「残念ながらお前の要求は呑むことが出来ない」

「じゃあ仕方ないけど二人には痛い目を見てもらうしかないな。遅かれ早かれリヴェルには痛い目見てもらおうと思っていたから丁度良いよ」

こうなってくると、実力を隠すのが難しくなってくるが、この状況なら何も問題はない。

《魔力感知》でアイツに見つかっていることは分かっていたからな。

「面白そうなことをしているね。良ければ僕も交ぜてもらいたいものだ」

コツコツ、と足音を鳴らして、一人の男が闘技場に現れた。

「お前は交流戦の……！」

ヴィンセントは男を見て、顔を歪める。

やはり、それほどまでにあの交流戦は新入生にとって衝撃的だったのだろう。

「その犬男は僕の友達でもあるからね。仕方ないから助けに来てあげたんだ。だけど、戦うってことなら大歓迎だよ」

「……なに、あれは言葉の綾さ。本気で痛めつけようなんて思っちゃいない。しかし、誤解を生んだのなら謝るよ。俺はヴィンセントだ。君の名前はクルトだろう？　交流戦は凄まじかった。尊敬するよ」

ヴィンセントは爽やかな表情を浮かべながら、クルトに近寄り、手を差し出した。

「はは、君は僕がもっとも嫌いな人種のようだね。自分より強い者には尻尾を振り、弱い者には本性を見せる。英傑学園も捨てたもんじゃないね」

「そんなことないさ。誤解だよ。それをこれからの学園生活で分かってもらえれば俺はそれでいいさ。じゃあ俺はここらで失礼させてもらうよ。アギト君、模擬戦楽しかったよ。また誘ってくれ」

そう言って、ヴィンセントは去って行った。

「アギト、僕は言ったじゃないか。君の実力は英傑学園で中の下ぐらいだよ、って。あんまり牙を剝かない方がいい」

「あの野郎から喧嘩を売ってきたんだ。アイツ、高等部から入学した奴らを馬鹿にしてんだよ」

「それで模擬戦に発展したってことか」

そういえば俺もヴィンセントと握手をしたとき強く握られたな。

まぁ痛くはなかったが。

「ちゃんと考えて行動することだね。僕のサポートがなければ、リヴェルの立場も危ういところだったよ」

「……チッ、分かったよ。悪かったな」

「……おお、アギトってちゃんと謝れるんだな。俺が割って入ったときも怒鳴り散らかすと思ってたのに」

「ぶっ飛ばすぞ」

「悪い悪い。素直に感心したんだよ」

「……変に喚いてもみっともねェだけだからな」

「それだけ分かっているなら十分だ。ヴィンセントが悪い！　それで終わりだ。ということでアギト、夕食を一緒に食べよう」

「ハッ、いきなりすぎるだろ。ま、別にいいけどなァ」

俺たちも闘技場を後にして、夕食まで俺の部屋で時間を潰すことになった。

それにしてもヴィンセントか……。

これからの学園生活、不安要素になることは間違いないな。

困ったもんだ。

＊＊＊

日が暮れた頃に英傑学園の食堂にやってきた。

7人で一つのテーブルに座ると、ウェイトレスがやってきて、メニュー表を渡される。

想像していた食堂とはまったく違っていて、まるで高級レストランのようだ。

各々が好きな料理を頼み、しばらくして料理が続々と運ばれてきた。

「最近リヴェルの手料理ばっかり食べてきたから、英傑学園の料理が見劣りしちゃうな～」

シエラが運ばれてきた料理を一口食べて、そんなことを言った。

嬉しい限りの感想だが、あまりそういうことを言うのは控えてもらいたいと個人的に思う。

「昔からリヴェルの作るものって美味しかったんだけど、食べてないうちにもっと美味しくなってたんだよね」

「もしかしてリヴェルさんはアンナさんに美味しい料理を食べさせるために上達したのかもしれません」

フィーアが鋭いことを言った。

完全に図星だった。

「え～！　そんなことないでしょ！　ねっ、リヴェル？」

「あ、ああ……そうだな」

「……これは図星ですね」

「フィーア、私もそう思うわ。これは完全に図星よ！」

シエラとフィーアが詰めてくる。

「そんな訳ないだろ……ほら、冷めないうちに料理食べちまえよ」

「いえいえ、もう手遅れですよ。ウチの子、なんと結構恥ずかしがり屋なんですから」

シエラがアンナの肩をポンポン、と叩いた。

見ると、アンナは恥ずかしそうに頬を赤くして、モジモジとしている。

「まったく……」

「ははっ、仲が良いね。別にアンナのためでも料理の腕が上達したのは喜ばしいことだよ。そう思うだろ？　アギト」

「なんで俺に振ンだよ」

「リヴェルに振るのは少し酷かと思って」

「そうかい。ま、俺は美味ぇ飯が食えれば何でもいいけどな」

アギトはそう言って、料理を頬張った。

「それで実際のところどうなの？」

シエラは興味津々のようだ。

「まぁもともとアンナのためにスイーツを作ったりしてたから、アンナのために料理が上手くなったってのは間違いではないな」

「おお～、上手い返しだね」

「あ、あはは、私、別にて、照れてないからね」

「どう見ても照れてる。余裕がない」

クロエが言った。

もしかすると、クラスでアンナに抱きつかれてたりした反撃なのかもしれない。

そんな様子を見て、俺は平和だな、と唐突に思った。

スパイが侵入してきたり、国境を閉鎖したり、物騒な話題は絶えないが、俺たちの周りはこんなにも平和だ。

この平和がいつまでも続けばいい。

そう思うが、変わらないものなど存在はしない。

才能を与えられて、俺とアンナの環境は大きく変わったが、こうしてまた同じ場所で、そして新しく出来た仲間達と幸せな時を過ごしている。

だから、これは良い変化だったと断言出来る。

「リヴェル、何ボーッとしているの？」

アンナはもう恥ずかしくなくなったようで、不思議そうに俺の顔を覗き込んだ。

「ん、ああ。少し考え事をしてた」

「リヴェルさんこそ、冷めないうちに料理食べないとですね」

俺が指摘したことを今度はフィーアに指摘されてしまった。

「大丈夫だ。もう、少し冷めてる」

きっと、この先良い変化ばかりが起きるわけではないだろう。

良い変化があるのならば、悪い変化もあるはずだ。

――そのときが訪れるのならば、スパイだろうと、ヴィンセントだろうと、誰であろうと俺は容赦しない。

第五話　実力発表

2日目から授業が始まった。

基本的な座学がメインであり、アンナ達の話によると、今やっている内容は中等部で一度習ったことがあるのだそうだ。

入学試験では知識よりも実力が重視される傾向にあることが理由だろう。

中等部で学習済みの生徒達は、授業を受けなくても良いことになっている。

多くの生徒は授業を受けずに、自己鍛錬に励んでいる様子だ。

アンナとクロエは、復習すると言って真面目に授業を受けている。

ヴィンセントも最初は授業を受けていなかったが、アンナ達を見て、翌日から授業を受けるようになった。

闘技場でのことを思い返すと、ヴィンセントが俺に何か仕掛けてくる可能性は高いと考えていたが、そんな様子は一つも見せない。

むしろ1日目よりも愛想が良く、フレンドリーに接してきていた。

俺としては何もしないのならば放っておくだけだ。

そして一週間が経ち、実力発表の日がやってきた。

英傑学園の東棟で実力発表は行われる。

実力発表はスケジュール通りに進められるため、事前に生徒個人へ開始時間が知らされる。

開始時刻よりも前にやってきて、会場の前に並ぶ。

遅刻は許されないため、生徒達は開始時間よりも早くやってくるわけだ。

自分の前に並んでいるのは一人。

一人あたりの時間は大体10分程度だ。

俺が並ぶと、丁度今やっていた人が終わり、浮かない表情で会場から出てきた。

そして、俺の前に並んでいた生徒も同じように浮かない表情で会場を後にした。

どうやら二人とも厳しいことを言われたようだ。

「次の生徒は会場にお入りください」

呼ばれたので扉を開けて会場に入る。

中は教室の倍広い。

密室で、壁や床、天井の素材が魔鉱石を加工したものであることから、耐久性はかなり高いことが分かる。

ふぅ、と深呼吸をする。

俺の実力は学園長と副学園長以外の教師にもバレてはいけない。

スパイが教師に紛れ込んでいる可能性もゼロとは言い切れないからだ。

前方を見ると、3人が机の後ろに座っており、その中の一人が資料をペラペラとめくった。

「リヴェル君……ほう、才能は【努力】か。聞いたことも見たこともない才能だな」

濃い顎ひげと屈強な肉体が特徴的な中年教師が興味深そうに言った。

「そうですね、俺以外に【努力】の才能を持つ者は見たことがありませんね」

「だろうな。誰も知らない才能で、よくぞ才能通り努力してきたものだ」

「剣術の扱いが優れているらしいが、見せてもらっていいかな?」

中年教師は椅子から立ち上がった。

右手には剣が握られている。

「先生と模擬戦を行うのが実力発表ですか?」

「生徒によるが、今回のお前はその通りだ」

それなら好都合だ。

教師との模擬戦は想定内の試験内容で対策はバッチリとしてある。

この一週間、中等部組は授業を受けなくても良い時間によく闘技場で模擬戦をしていた。

それをキュウに預かり所を抜け出してもらい、《視界共有《しかいきょうゆう》》で模擬戦の様子を観察させてもらっていたのだ。

○視界共有

魔力を相手に飛ばし、自分の視界を共有する。距離によって魔力の必要量は変動する。


キュウは褒美にアーモンドを要求してきた。

交渉の結果、実力発表までの間は1日5アーモンドから10アーモンドに変更。

そのおかげでキュウは愚痴をこぼすことなく、模擬戦の様子を見せてくれた。

同じ1年生の模擬戦をいくつも見学したことで、中等部組の平均的な実力をある程度把握出来た。

それぐらいの実力をこの実力発表で見せようと思う。

ただ、中等部組の平均的な実力が高等部組の平均的な実力とは限らないことがネックだ。

個々の才能は高等部組よりも中等部組の方が優れているのは明白だ。

なにせ国内で優秀な才能を持つ者をわざわざ英傑学園側がスカウトしているのだから。

なので、中等部組の平均的な実力を見せれば、1年生全体で見れば平均よりも上の実力者になる。

まぁ俺の目的は実力を隠すことであって、平均的な英傑学園生を演じることではないため、あまり問題にはならないと思うが。

「この実力発表で、俺に一太刀《たち》でも浴びせれたら合格。浴びせれなかったら――最悪の事態は覚悟しておいた方がいいな」

教師は挑発するように言った。

「全力で挑むまでです」

「うむ。良い心意気だ。それじゃあ始める前に何か質問はあるか？」

「魔法による身体強化はしても大丈夫ですか？」

「ああ。魔法の使用ももちろん可能だ。お前の全力を見せてくれ」

「分かりました」

「他に質問はないか？」

「はい」

「よし、それじゃあ始めよう。どこからでもかかってこい」

教師は左手を自分に向かって折り曲げるように動かして、俺を挑発する。

ふむ、この行動にも何か意図があるのだろう。

例えば、精神力が未熟な者はまんまと挑発に乗り、実力を最大限発揮する妨げとなる。

精神状態は戦いに大きく影響する。

それらも含めて、英傑学園側は実力を把握したい、そういうことだろう。

だったら、少しぐらい挑発に乗るぐらいが丁度いいかもな。

「はあぁっ！」

声を大にして、自らに魔法をかける。

だが、それは身体強化魔法に見せかけた別の魔法。

強化するのではなく、弱体化させる魔法だ。

これによって身体能力のレベルを英傑学園の平均に合わせることが出来る。

そして、思いっきり踏み込み、大きく剣を振るう。

「そんなに大振りで大丈夫か？　緊張しすぎてるんじゃないか？」

これには何も答えない。

返事は最低限で済ませる。

変に会話をすればボロが出る可能性が考えられるからだ。

別に俺は役者じゃない。

演技ではなく、行動や攻撃手段で心情を誤解させる。

「どうしたどうした！　その程度の実力じゃ英傑学園でやっていけねーぞ？」

「くっ……」

流石、英傑学園の教師なだけあってかなりの実力者だ。

何一つ演技する余地のない、今の俺の全力だ。

剣戟の中で、この教師や模擬戦を眺めている二人の教師は俺の実力を既にある程度決定付けているに違いない。

未知数の【努力】の才能を他の才能と比較し、自分達の想像の域を出ないものと思っているはずだ。

それを狂わせれば、今後俺が何かミスを犯したときに役に立つ保険になってくれるだろう。

「お前の実力はこんなもんか？」

そう言うのは、これ以上のものを教師は期待しているのだ。

言うなれば、光るナニカを見せつければいい。

見せつけてやろう。

俺が初めて生み出したユニークスキルを。

「――《剛ノ剣《ごうのけん》・改《かい》》」

「なっ!?」

《剛ノ剣・改》を放つと、教師の握る剣の刃先は折れ、勢いよく壁に突き刺さった。

「ハァ、ハァ……」

「お前、今のスキル一体なんだ?」

「俺が編み出したユニークスキルです。【努力】の成果ってやつですよ」

「……くくくっ、はっはっは!　面白い才能だな、努力ってやつは!　今まで見てきた実力発表の中で一番面白かったぜ。まだまだ実力は足りてねーが、面白いもんは秘めてる。英傑学園に相応しい逸材だ」

教師は先ほどの雰囲気とは打って変わって、気の良い感じで話していた。

これがこの人の素の性格なのかもしれない。

「ハァ、ハァ……ありがとうございます……」

普通に息が切れている。

最近、自分を弱体化させることがなかったから少し加減を間違えた。

思っていた以上に弱くなっていたみたいだ。

それこそ初めてマンティコアと戦った頃ぐらいまで弱くなっていたように思える。

「ま、課題は沢山あるけどな。なに、これから頑張っていけばいいさ。なにせ【努力】の才能なんだからよ」

「頑張ります……！」

「おう。結果は後日渡す。そこに今後の課題も書かれているからちゃんと確認するように」

「分かりました」

「よし、これでお前の実力発表は終わりだ。お疲れさん」

「はい、ありがとうございました！」

頭を下げてから俺は会場を後にした。

＊＊＊

実力発表の翌日。

今日の授業が全て終わると、ミルフィはクラスで実力発表の結果が書かれた紙を全員に配っていた。

喜ぶ者、落ち込む者、それぞれ違う反応をしている。

だが、クラスの様子を見るに、結果が良かった者と悪かった者は案外分かりやすい。

俺の結果はというと、

○評価
剣の技術に身体が追いついていないため、打ち合いの中で有利を握ることが出来ていない。反射神経が優れており、自身を守る剣捌きは英傑学園でもトップクラスである。個性的で強力なスキルを短時間で練ることが出来る点は素晴らしい。今後の成長に期待する。
○課題
まずは身体能力の向上から。


俺に対する評価は、望ましいと考えていたものとかなり近い。

初めての実力発表は上手く乗り越えることが出来たと言える。

課題に身体能力の向上しか挙げられなかったのは、やはり弱体化しすぎたことが原因だろう。

ま、分かりやすい課題だし、弱体化の加減をもう少し緩めればすぐに解決可能だ。

これはこれで良かったと思う。

「……」

周囲をチラッと見回すと、クロエが難しい顔で結果の紙と睨めっこしていた。

あまり結果が良くなかったのかもしれない。

世界最強の
努力家
才能が
【努力】
だったので効率良く
規格外の努力を
してみる
3
蒼乃白兎
Illustration
紅林のえ
初回版限定
封入
購入者特典
特別書き下ろし。
世界最強の親子
※『世界最強の努力家　才能が【努力】だったので効率良く規格外の努力をしてみる ③』をお読みになったあとにご覧ください。
EARTH STAR
NOVEL

世界最強の親子

　俺が戻ってきてからしばらくして、アンナと一緒に故郷へ帰ったときのことだ。

「おう、リヴェル。お前は一体何年顔を見せなかったと思ってるんだ？　すっかり大人になりやがって。早速だが、道場に行くぞ」

　家に帰って早々、俺はほぼ無理やり道場に連れて行かれてしまった。

「父さん、急すぎない？」

「うるせー。お前が旅立ってから何があったか、それを知るには剣を交えるのが一番だろうが」

「……ははは、父さんらしいや」

　父さんの道場についた。

　門下生達はいなくて、貸し切りだった。

　今日は休みらしい。

　懐かしい場所だ。

　キュウとアンナは道場のすみに座って、俺たちの戦いを見学するようだ。

「これどっちが勝つんだろう……」

『あるじー、がんばれー！』

「ん？　この子竜、なんか喋ってねえか？」

「ああ、キュウは念話が使えるんだよ」

「ほほーう。珍しい従魔だな」

『まあね！』

　キュウは少し得意げだった。

　父さんは俺に木剣を投げ渡してきた。

「それじゃあ、やるか」

　こういうときの父さんは頑固だ。

　もう戦わないという選択肢は残されていないだろう。

「負けても知らないからね」

　俺は木剣を構えた。

「言うようになったじゃねーか。父さん、嬉しいぜ」

その瞬間、父さんの雰囲気が一変した。

刺さるような威圧を全身に感じた。

「――リヴェル、いくぜ？」

父さんはそう言うと、風のような速さで俺のもとまでやってきた。

溜めもなく、これだけ速く動ける剣客は父さんぐらいなんじゃないかと思った。

やはり父さんは世界最強を自称するだけの実力が確かにある。

それでも負ける気など微塵もない。

父さんが振るった剣を受け止め、すぐに反撃する。

反応速度は歳を取ることによって衰えていく。

だからテンポの速い展開は俺の方が圧倒的に有利なのだ。

「リヴェル、父さんのことを甘く見るなよ」

……冗談だろ？

こちらが有利だと思っていた展開だったが、いつの間にか俺が後手に回っていた。

攻めるつもりが受けることで精一杯になるなんて、一体これはどんな魔法だよ！

……父さんから魔力の反応は無く、ただ自分の剣術だけで今の俺を圧倒していた。

これはもう本気でやらないと勝てる気がしないな。

俺は一旦距離を取る。

「させるか！」

父さんはすかさず、距離を詰めてくるが俺の稼ぎたかった時間はほんの一瞬。

ほんの一瞬でも隙があれば《纏魔羽衣《てんまはごろも》》を使用出来るのだから。

「やるじゃねーか。とんでもない魔力を纏ってるな」

「父さんも早く全力を出しなよ。じゃないと呆気なく負けちゃうかもね」

「言うねぇ。なら、遠慮しねえさ――《鬼神化》」

俺が持っている《鬼人化》ではなかった。

父さんが使ったのは《鬼神化》。

《纏魔羽衣》を使用した俺とほぼ変わらないだけの

魔力量だ。

「父さんは本当に凄いよ。【剣士】の才能でこれだけ強い人は他にいないだろうね」

「ふ、まあな」

「俺、やっぱり父さんの息子なんだなって思ってる」

「俺もだよ。お前は俺の息子だ」

だからこそ、俺はこの偉大なる父親を超えたいと思った。

本気で勝たせてもらう。

「それじゃあ悪いけど、そろそろ勝たせてもらうよ」

「ああ、見せてみろよ。お前の――今までの【努力】の全てをな」

父さんの魔力が一気に跳ね上がった。

父さんも全力の一撃を放ってくるみたいだ。

「――《無窮《むきゅう》刹那《せつな》》」

「――《鬼殺し》」

お互いの全力がぶつかり合った。


木剣で繰り出されたとは思えない威力のぶつかり合いに、とんでもない音が発せられた。

振りによって、生み出された風圧で道場の障子が破れた。

これは……とんでもない一撃だ。

だが、勝つのは俺だ！

俺の木剣が父さんの木剣を斬った。

ぽとっと、木剣の欠片が床に落ちた。

「リヴェル……強くなったな」

「はは、なにせ俺は世界最強の努力家だからね」

「くっくっく、そういうところまで俺に似たか。いいねぇ！　よーし、今日は飲むぞー！」

父さんは俺の肩を組んで愉快そうに笑うのだった。

一方、アンナはニコニコと結果の紙を見ており、こちらは結果が良かったんだなと一目で分かる。

「リヴェル、結果はどうだったよ」

エドワードが陽気に肩を組んで話しかけてきた。

「久しぶりだな、エドワード。結果はまずまずだな。お前は？」

「へへ、俺は案外良かったぜ。……それよりお前、ヴィンセントに目をつけられてるみてーだな」

どこか深刻な様子でエドワードは、周りに聞こえないような小声で話した。

俺もそれに倣う。

「どうやらそうみたいだな」

「お前も災難だな。アイツはどんな手段を使っても相手を陥れようとする奴だ。最大限の注意を払え」

「エドワードがそこまで言うならよっぽどなんだろうな」

「ああ、これはヴィンセントの被害者からの忠告だ。アイツを決して甘く見てはいけないぞ」

エドワードが被害者、か。

そう考えると、辻褄が合うな。

明るい性格で親しみやすいエドワードの周りにどうして友達がいないのか気掛かりだった。

まさかその原因がヴィンセントとは思っていなかったが。

「ま、そんだけだ。俺の方で何か助けられることがあったら何でも言ってくれ」

「ありがとう。そう言ってもらえるだけで助かるよ」

「はは……何かお前ならヴィンセントも何も出来ないような気がしてくるよ」

「なんでだよ」

「願望が半分でもう半分は直感だ。じゃあな」

そう言って、エドワードはクラスから去って行った。

これからの放課後は次の実力発表に向けて各々の課題を解決するために尽力する。

エドワードは早速、課題の解決に取り組むつもりなのかも。

さて、俺も二人に結果を聞きに行こうか。

「アンナは良い結果だったのか？」

「えっ、なんで分かるの？」

「顔に書いてある」

「ふふーん、そっか～」

「上機嫌だな……。クロエは？」

「良かった」

「良かったのかよ！」

俺は思わず大声をあげてしまった。

あの雰囲気で結果が良かった、と誰が想像出来るだろうか。

「うん」

「……じゃあなんであんな険しい表情をしてたんだ？」

「それは結果が良かったから」

「ん……？　一体どういうことだ？」

「私はもっと強くならないといけないの。私は全然凄くないのに、この褒められた結果に満足することが出来ない」

そう言って、クロエは紙をぐしゃぐしゃにした。

そこまで思い詰めるほどなのか？

確かにクロエは強くなろうとする心意気は人一倍ある子だとは思っていたが、ここまでとは……。

精神的な脆《もろ》さをどこか感じてしまう。

「はぁ、はぁ……っ」

ぐしゃぐしゃにした紙を握るクロエの呼吸が段々と荒くなっていく。

「ク、クロエ！　大丈夫？」

アンナが心配そうにクロエに駆け寄った。

「……うん。ちょっと先に寮に戻ってる」

クロエはそれを振りほどいて、ふらふらとした足取りでクラスから出て行った。

「ど、どうしよう。これ追った方がいい？　それとも追わない方がいい？」

アンナはあたふたとした様子で、せわしなく俺に話しかけた。

「あの様子は心配だよな。とりあえず、寮に無事に辿り着けるかだけ見届けよう」

「尾行するってこと？」

「まぁそういうことだな」

「なんかちょっと申し訳ないけど、し、仕方ないよね？」

「仕方ないよ。それに怒られたら謝れば許してくれるさ、きっと」

「わ、分かった。それじゃあバレないように尾行しよう」

ということで突如、俺とアンナは傷心中のクロエを尾行することになった。

一定の距離を保ちつつ、物陰に隠れてクロエの様子を見張る。

「明らかに元気なさそうだね」

「ああ、中等部の頃からこうなのか？」

「うーん……クロエはね、凄く変わったんだ。中等部の1年生のときは凄く明るい子だったんだけど、2年生の頃には誰とも話さなくなって殻に閉じこもってた」

「そんなに変わったのか？」

それが本当ならとんでもない変わり様だ。

かなり心境の変化があったはずだ。

「うん。それから段々と落ち着いていって、今の物静かだけど優しいクロエになったんだ」

「……心配だな」

「そう。だから放っておけないんだよね、クロエのこと」

などと言っているうちにクロエが角を曲がったので、俺たちも移動しようと動きだす。

しかし、その前を二人の男が阻んだ。

「えっと、誰ですか？」

アンナが不思議そうに首を傾げた。

「誰だっていいだろ別に」

「俺たちはここに立っているだけなんだからよ」

「名前は忘れたが、1年のクラスDの奴らだな」

そう言うと、二人の男は驚いた。

「な、なんで知ってんだよ」

「へっ、知ってたところで何も変わらないさ」

「……ははっ、そうだな」

ニヤニヤと二人は笑う。

「あの、そこどいてもらってもいいですか？」

アンナは少しムスッとした様子で言った。

「ん〜、なんか言ったか？」

「俺たち最近耳が遠くてよぉ」

「っ！　君たち！　わざとやってるでしょ！」

「アンナ、俺たちがこいつらの横を通ればいいだけだ」

「……うん。そうだね」

アンナは怒る気持ちを落ち着けて言った。

しかし、二人の男の横を過ぎようとしたとき、

「おっとと、悪いな」

「へへ、ごめんよ」

二人の男が俺とアンナの肩を掴んできた。

押さえつけるようにして肩を離さない。

「悪気はねえんだ、許してくれ」

「英傑学園内は模擬戦以外、戦闘禁止になっているが、これぐらいなら許されるのさ」

「ゲスい考えだな」

こいつらが姿を見せたときから、そういう予感はしていた。

俺は学園長に頼んで、生徒の名簿帳を見せてもらったことがある。

そのときに生徒の全員の名前と顔は把握している。

そして、今目の前にいる二人はヴィンセントと中等部の頃から交流が深かった者だ。

最近はヴィンセントとよく会っていることは確認済みだ。

「ああ、でもこの状況をお前らは打開出来ねえさ。お前の実力発表の課題は身体能力の向上だったよなぁ？　知ってんだぜ、俺らはよぉ。だからこの力にはかなうまい！」

「アンナちゃんも竜に乗ってない間は大して力がないのは知ってるのさ。ま、それは中等部組の奴らはほとんど知ってることだろうけどなぁ」

「あなた達みたいな人が英傑学園の生徒だと思うと嫌になるなっ！」

「なんとでも言ってくれよ。俺たちが英傑学園の生徒であることに変わりはないからな」

なるほど、この一連の出来事は計画されて起きたことのようだ。

クラスでいち早くヴィンセントがいなくなっていたのは、このためだったか。

まず、アイツがやったと考えて間違いないだろう。

「きゃあああぁぁぁっ！」

クロエの悲鳴だ。

やはり、狙いはクロエだったか。

このタイミングで二人を目の前に出したのは、クロエにアクションを仕掛けるため。

エドワードの言うようにヴィンセントは手段を選ばない奴みたいだな。

「クロエ！」

アンナが叫ぶ。

「おっと、そんなに力を入れてもここから先には行かせないぜ」

「……ねえ、私が竜に乗らないと弱いって勘違いしてるようだから教えておくけど、私は竜に乗ってなくても君達よりは強いからね」

ガバッ！

アンナは男の腕を摑み、肩から手を離させた。

「な、なにぃ～!?」

「ふんっ！」

「がはっ！」

ドスンッ！

アンナが男の腹に蹴りを入れると、男は地面に倒れた。

「お、お前！　英傑学園でそんなことをやっていいと思ってるのか!?」

「ルールは悪さをするためにあるんじゃない！」

俺の肩を摑む男の顔面にも足をI字にして、蹴りを入れる。

「ク、クソが……！　ぜってー、退学に……して、や……る」

顔面に蹴りが直撃した男も同じように地面に倒れた。

「ふん、私は騎士として正しいことをしただけだよ」

「凄いな。助かったよ」

「この二人、ムカついたからスッキリしたよ」

「はは、正直俺もだ。これでもし退学になったら二人で故郷に帰ろう」

「……ありがと、リヴェル。よし、早くクロエを見つけないと！」

「そうだな。クロエはこっちだ。ついてきてくれ」

《魔力感知》で何があったか観察していたが、ヴィンセントの奴がクロエに接触して、連れ去って行ったようだ。

どこにいるか俺は全て把握している。

「え……？　そっちは悲鳴とは逆の方向じゃない？」

「ああ、でもこっちだ」

「分かった。リヴェルがそう言うなら信じるよ」

「話が早くて助かる。流石は俺の幼馴染だ」

それじゃあ先回りしてヴィンセントの驚いた顔を見てやろうか。

第六話　魔神の復活

――私は、ただ両親に認めてもらいたかった。

父は【剣聖】。

母は【剣姫】。

これ以上ない両親のもとに私、クロエは生まれた。

幼い頃から私は剣術の英才教育を受けていた。

才能を授かる前から才能はあった。

だけど、両親の名に恥じないほどの才能はなかった。

あるのは、人より少し剣術が上手いだけの才能だ。

だから同年代で私よりも優れた剣士は沢山いた。

父は言う。

「この程度の剣捌きも出来ない子に育てた覚えはない。お前は誰の子供だ？　【剣聖】と【剣姫】の子供だぞ？」

私はそう言われているとき、自分のことを他人のように感じていた。

背中から父に怒られている自分を見ているような感覚だ。

それを経験するようになってから、私は少し気が楽になった。

だって、自分が怒られているように感じないから。

辛い稽古に耐えても父と母は褒めない。

剣術の先生も褒めることはない。

私を褒めてあげられるのは私だけで、会話相手もまた自分自身だった。

13歳になり、私は【剣士】の才能を授かった。

でも気付けば、私は【剣聖】の才能を授かっていた。

その記憶はないが、両親に褒められたので私は満足した。

＊＊＊

「ここだ」

「え、ここってただの倉庫じゃない？」

「ああ、そうだ」

やってきたのはアンナの言うように英傑学園にいくつか設置されている倉庫だ。

用具などが置かれており、この中に入る生徒は滅多にいない。

だからこそ、ヴィンセントはこの倉庫にある仕掛けを施すことが出来たのだ。

用具をずらして、倉庫の床を見ると、白いチョークで魔法陣が描かれていた。

「これって、もしかして転移魔法の？」

「一度リヴェルがこういう魔法陣を描いてたから」

「察しがいいな」

「見えたのか？」

魔力で描いていたはずなので普通は見えないのだが。

「うん、目を凝らしたらうっすらと見えたよ」

「そいつはすげえな」

「そ、そうかな？　えへへ」

と、言ってるそばで魔法陣が青白く光りだした。

「へへ、これでリヴェルとアンナは——って、はぁ!?」

魔法陣の上にヴィンセントが現れた。

クロエは魔法陣の上で頭を抱えて震えている。

「よう、ヴィンセント」

「クロエを拐《さら》って、さっきの二人もヴィンセント君の仕業だね。許せない！」

「な、なんで、リヴェルとアンナ君がここに……！　馬鹿な！　この計画は完璧のはず！」

「ま、完璧ではなかったってことだ。相手が俺でなければ十分だったかもしれないけどな」

「黙れッ！　俺は知っているんだぞ！　お前が大した実力もないってことをさ！　それにアンナ君

だって竜がいなければ何も出来ない！　この俺を捕まえることはお前らには無理ってわけ！　分かるか？」

「凄い怒鳴り散らかすな。まだ自分が有利だと思っているのか？　教えろよ。なんでこんなことをしたのか」

「ふ、ふふ。俺が有利だと……？　そんなの当たり前だろ！　俺を誰だと思っているんだ!?　伯爵家の子息にして【魔法剣士】の才能を持つ天才なんだぞ！」

「……こんな人にクラス長を推薦されて、しかも副クラス長にしちゃうなんてね」

「何とでも言うがいい！　どうせお前も俺の前に跪《ひざまず》くことになるんだからな。俺はいつだってそうやってきた。ふはは、クロエを捕まえた理由を聞きたかったら俺を倒してみろよぉ！　リヴェル！」

「それがお望みなら、すぐに叶えてやろう」

幸い、ここは誰の目からもバレない。

実力を隠さなくても平気だ。

ヴィンセントは俺の実力を知ってしまうことになるが、忘却魔法で記憶を消してしまえばいい。

「はっはっは、斬り裂いてや――!?」

剣を抜こうとするヴィンセントの首筋に俺は剣先を当てる。

「これでどうだ？」

「くそっ！　――なっ!?」

ヴィンセントは体勢を変えて仕切り直そうとするが、俺はそれすらも許さない。

ヴィンセントよりも速くに背後に回る。

「リヴェル、実力を見せても平気なの？」

「ここなら平気だ。この倉庫に認識阻害の結界も張っておいたから、倉庫内部にいる者にしか何が起きてるのか分からないよ」

「あー《無詠唱》だね」

「そういうことだ」

「……なんなんだよお前！　こんな、こんなの……っ！　おかしいじゃないか！　お前は身体能力が低くて、他の英傑学園生よりも弱い雑魚なんじゃないのかよ！」

「これからもそう思ってくれるなら楽で良いんだがな」

「そ、そうに決まってる！　何か仕込んでるんだろ！　お前が【魔法剣士】で天才な俺よりも優れているはずがない！」

ヴィンセントはかなり興奮していて、まともに会話出来る様子ではない。

クロエの様子も変だし、遊んでる暇はないな。

「――う、動けない!?」

ヴィンセントから冷や汗が大量に流れ出す。

まだ悪あがきをしようとするヴィンセントを魔法で拘束したが、効果覿面《てきめん》のようだ。

「単刀直入にクロエを捕まえた理由とそれ以外に何をしたか言え」

「ひ、ひいっ!?　お、俺はクロエに何もやっていない！　っ、捕まえた理由もお前達を脅すためだ！」

この様子で何もやっていない？

先ほどから少し様子はおかしかったが、このクロエの様子はハッキリ言って異常だ。

だが、ヴィンセントは嘘を言っていないようだ。

《真偽判定《しんぎはんてい》》の結果がそう出ている。

「なぜクロエを狙った？」

「こ、こいつが精神が不安定だと知っていたからだ！　だから実力発表の日におかしくなるんじゃないか、と予想していたんだ！」

精神が不安定……。

先ほどアンナが言っていたことを思い出す。

1年生の頃は明るくて、2年生の頃は自分の殻に閉じこもっていた、か――。

「クロエ、大丈夫か？」

座り込むクロエに近づき、声をかけた。

「……ない……しは……さい」

小さな声で何かぶつぶつと呟いているが、よく聞き取れない。

「クロエ！　しっかりして！」

アンナも駆け寄って、声をかけたが、クロエは何も反応を示さず、ぶつぶつと何かを呟くだけだ。

「クロエには本当に何もしていない！　か、神に誓って本当だ！　信じてくれ！　それと本当に悪かった！　君がここまでの実力者だと知っていたらこんなことはしなかった！」

……こいつ、根っからのクズだな。

「お前は黙っていろ」

「はぅ」

睡眠魔法でヴィンセントを眠らせた。

こいつが口を開けば開くだけ不快になる。

それに、今はクロエを何とかしなければいけない。

「あ、アア……！　アアアアアアア！」

「どうした！　大丈夫か！　クロエ！」

クロエは頭を抱えて叫びだした。

「これは……」

クロエの魔力がどんどん上昇していく。

おかしい。

これだけの魔力をクロエは持っていないはずだ。

「ねぇクロエ！　しっかりして！」

アンナが心配そうにクロエの肩を揺さぶる。

「……」

しばらくして、クロエは静かになったが、魔力の量は既にもとのクロエより何倍も多い。

目は虚《うつろ》で、視線はどこか遠くを……別人……まさか！

「アンナ！　離れろ！」

「えっ、うん！」

クロエは不気味な笑みを浮かべ、腰に携えた剣の柄を握った。

そして、迷いもなく周囲を一閃《いっせん》。

倉庫に置かれた用具が真っ二つにされた。

「クロエ!?　何してるの!?」

「アンナ、無駄だ。――お前は誰だ？」

魔力の量だけならまだクロエだと考えることは出来た。

だが、今のクロエは魔力の性質が違う。

性質が変わることなんてありえない。

そんなものを変えるというなら、人間としての器を変える、つまり肉体を変えることぐらいでしか成し得ないのだ。

「私はクロエ――と言っても信じてもらえんだろうな」

喋り方の雰囲気がまるで違う。

「クロエ！」

「ふはは、私はクロエなどいう無能な小娘ではない……神だ」

「か、神？」

「その神様がなんでクロエに乗り移っているのか、説明願いたいな」

「神と言っても、魔神だがね。封印から目覚めた我は、この小娘の身体で力が戻るまで眠っていたのだよ」

「……どういうことだ？」

「我が説明する義理などないが、まぁいい。特別だ。種明かしをしてやろう。リヴェル、貴様が探そうとしていたフェルリデット帝国のスパイ、それは我なのだ」

場に緊張が走る。

俺は奴の一挙一動を見逃さないように集中力を最大限に発揮する。

流石に魔神と名乗るだけはある。

コイツは俺が2年間の半分を過ごしてきた――『暗黒魔境』という悪魔が住む世界の住人だ。

光のない闇の世界。

そこで俺は悪魔を相手にし、実力を磨いてきた。

普通ならば『暗黒魔境』の住人がこちらの世界に来ることはないはずだが。

「えっ!?　クロエがスパイ……!?」

「そう驚くなお嬢さん、納得がいく部分もあるだろう。この小娘の中等部の頃からの異常性を考えればな」

「そんな……！　クロエ……」

「まぁそう落ち込むな。この小娘は我の存在に気付いておらぬ。主人格とは違う、別の人格を我が乗っ取ったのだからな。それにこれは小娘自身ではなく周囲が望んだことだ。両親は【剣聖】と【剣姫】だというのにクロエには何も才能がなかったことが悲劇の始まりだろう」

「才能がないって嘘だよ！　だって、クロエは【剣聖】の才能を授かったんだよ！」

「ふっはっはっは！　それは魔神である我が小娘に授けたものだ。本当の才能は【剣士】なのだよ。それを両親が受け入れられず、我を自分の娘に宿すことを選んだのだ！」

なるほど、もともとテオリヤ王国は何年も前から既にフェルリデット帝国からの攻撃を受けていたのだ。

それならつまり、クロエの両親は内通者になるわけだ。

これを学園長は知っていたのだろうか？

クロエを気にかけていたのは、そのせいだったのか？

……いや、それならスパイの捜索など頼むなんて考えにくいか。

「そんな……」

この話を聞いて俺はクロエが強さに執着する理由がやっと分かった。

クロエは、ただ誰かに認めてもらいたかったのだ。

「とりあえず、お前を見過ごす訳にはいかないな。俺の実力は既にバレてるみたいだが」

初めてクロエと会った日、クロエが自分の屋敷に帰っていたときに帝国にこの情報は伝わってしまっているだろう。

「その通り。初めからお前は詰んでいたのだ」

「詰んでいた？　そんなことないさ。今まで何度もそんな状況を乗り越えてきた。だって俺は――努力家だからな」

「ならば魔神である我を超えねばなッ――」

天井に魔法を放った。

ドカーン、と爆発音がして、倉庫の天井が全てなくなった。

「ふはは！」

クロエが黒い球に包まれて、弾けた。

一瞬にして姿が変わった。

黒いドレスを身に纏い、髪にはティアラをつけている。

そしてクロエは背中から生える大きな漆黒の翼を広げ、上空に飛んだ。

「逃さないぞ。アンナはヴィンセントを連れて離れていろ！」

「う、うん！」

俺はそれを《空歩》で追う。

「逃げてないさ。狭い場所で戦うのは華がないからなぁ。３００年ぶりに戦うのだ。どうせなら派手にいこうじゃないか」

「派手にすればするほど、学園関係者がお前を倒しに来るぞ？」

「ふははっ！　かかってくるがいいさ！　お前以外はどいつも雑魚だ！」

クロエが手に持つ剣が５ｍほど長くなり漆黒の大剣に変わる。

それを平気な顔で振り下ろした。

剣で受け止めると、その衝撃で下の地面に亀裂が走った。

「ふ、この身体にこれは使い勝手が悪いな」

そう言って、魔神は剣を元に戻した。

「……今の無駄じゃないか？」

「ああ、どうやら我は無駄を楽しめるほどに気分が良いらしい――《爆裂光線《ばくれつこうせん》》」

クロエの手のひらから光線が出されて、英傑学園の校舎に爆発が起きる。

「それ以上はさせない」

魔神に詰め寄り、手のひらの前に《魔力障壁《まりょくしょうへき》》を発動させる。

至近距離で爆発するが、魔神と俺はまったくの無傷だ。

服すら何も損傷がないのは、俺と魔神、どちらも《魔力障壁》で自分を覆ったからだ。

すぐさま剣を振るうと、お互いの剣がぶつかり衝撃波が起き、先ほど損壊した学園の校舎の瓦礫《がれき》が飛んでいった。

「……お前『暗黒魔境』の住人だろ？」

「その世界を知っているとはな。その通りだ。我は『暗黒魔境』を創造した悪魔だからな」

「なるほど。どうりで強い訳だ」

「我も納得がいった。貴様の強さにな。来ていたようだな。こちら側に。……ふふ、ウォーミングアップにはなりそうだ」

さて、魔神を相手にクロエを守りながら戦わなければいけないみたいだな。

ま、なんとかしてみせるさ。

＊＊＊

私は、白目を剝いて口をぽかーんと開けているヴィンセントを引きずって、安全な場所に運んでいた。

「う〜！　リヴェルがヴィンセントのこと気絶させるから〜！」

早くリヴェルの援護に向かいたい。

けど、戦いの様子を見ると、どうしても私の出る幕がないように思えてしまう。

上空では、凄まじい剣戟が繰り広げられている。

魔神に身体を乗っ取られたクロエは見たこともない強力な魔法で攻撃を繰り出し、リヴェルはそれに応じて周りを守るように戦っている……風に見える。

正直、レベルが違いすぎて……一緒に戦える状況になっても果たして私は戦えるのだろうか。

リヴェルを助けたい気持ちと怖い気持ちが入り交じって、ぐちゃぐちゃになって、考えているうちに段々と恐怖が大きくなっていく。

「とにかく、まずはこのヴィンセントを何とかしないと！　あ、そうだ！」

私は先ほど蹴りを入れた二人のところに向かうことにした。

あの二人ならヴィンセントを引き取ってくれるに違いない。

「って、いないし！」

倒れていた場所から二人は既に姿を消していた。

この騒ぎで生徒は大混乱だし、逃げない方がおかしいかもしれない。

テオリヤ王国でも優れた才能を持った生徒達と言われても、あんな戦いを見せられたら誰でも逃げたくなる。

「アンナさん！」

「なにしてんだァ……げっ」

ちょうどそこにフィーアとアギトが現れた。

「フィーアとアギト！　どうしたの、こんなところで」

「騒ぎを聞きつけて来てみたんです。もしかするとリヴェルさんが巻き込まれているのかもしれないと思って」

「うん、実はそうなんだよ！　今空で戦っているのは、リヴェルと魔神に身体を乗っ取られたクロエなの！」

「ク、クロエさんが⁉　魔神に乗っ取られたとは一体……！」

「で、お前が今引きずっているそいつはどうしたんだよ」

「えーっと、こっちのヴィンセントはリヴェルを襲って返り討ちにあって、気絶させられて、それを私が今安全な場所に運ぼうとしてて！」

やばい、自分で言ってて訳が分からなくなってきた。

「落ち着け、とりあえず分かったァ。魔神って奴の強さはどんなもんなんだ？　あの戦いを見る感じとんでもねえ奴みてェだが」

「めちゃくちゃ強い。……リヴェルじゃないと太刀打ち出来ないかも」

「だろうなァ。……ったく、俺も大人しくなったもんだよ。アンナ、そいつ俺に貸せ。安全な場所まで俺が運んで行ってやる。お前は英傑学園の教師達に現状を伝えてこい。出来れば一番強ェ奴から順に伝えると良いだろうな。これはここにいる3人で中等部から所属してるお前が一番適任だ」

そう言って、アギトは自らヴィンセントを背負いだした。

「た、たしかに……！　うん、よし分かった！　行ってくるよ。ありがとうアギト！」

失礼だけど、アギトはもっと乱暴な人だと思っていた。

でも全然、私よりも冷静でしっかりとしている。

……ダメだな、私もしっかりしなきゃ！

＊＊＊

アンナが凄い勢いで走って行ったのを見て、俺はひとまず安心した。

リヴェルと互角に戦えるぐらいの相手に、今の青ざめた表情のアンナを行かせる訳にはいかない。

きっと分かっているんだ。

自分じゃ相手にならないことぐらい。

ああ、俺にはよく分かるさ。

……かっこ悪ィな。

いつから俺はあまり他人を馬鹿にしなくなったのだろう。

いつから俺は他人を尊重するようになったのだろう。

……そんなの分かり切っている。

リヴェル、てめぇと出会ってからだ。

俺はお前を超えたかった。

だけど、それは無理だ。

俺はそんな器じゃないらしい。

だから俺はお前に恩を返すことにするさ。

どれだけカッコ悪くても、俺の出来る範囲でお前の助けになってやるよ。

「フィーア、お前はクルトを探せ。クルトならリヴェルの力になれるはずだ」

「あっ、そうですね。クルトさんならきっと戦えるかもしれませんね」

「ああ、分かったならとっとと行くぞ」

「アギトさん……カッコ良かったですよ。それでは」

そう言って、フィーアはクルトを探しに向かった。

「……うっせーよ」

俺は一人呟いた。

「ハァー、なんでコイツ背負ってンだか」

まさか俺がコイツを背負う日が来るとは思わなかったぜ。

別にここで置いて行くのも悪くねェな。

俺はコイツが運悪く死のうが何とも思わねェ。

「……そういう気分じゃねェし、助けてやるとするか。良かったな、俺の気分が悪くなくてな」

＊＊＊

私は学園長室に向かって全力で走った。

英傑学園で一番強いのは、間違いなく学園長だ。

それにクロエのおじいちゃんらしいし、魔神に乗っ取られたクロエを何とかしてくれるかもしれない。

……でも、この間にリヴェルが死んじゃっていたらどうしよう。

怖い。

もうリヴェルと離れたくない。

もうリヴェルがいない日々を考えられない。

「嫌だよ、リヴェル……絶対負けないでね」

走りながら呟いた。

本校舎に入ると、中の生徒達はみんな慌てていて、逃げようとしていた。

生徒達を避《よ》けながら私はついに辿り着いた学園長室の扉を勢いよく開けた。

「学園長っ！」

部屋の中には誰もいる気配がない。

じゃあ学園長はどこに……？

「ぐがーっ、むにゃむにゃ」

いびきが聞こえた方を見ると、ソファーの上で学園長が横になっていた。

「えぇーっ!?　こんな状況で寝てるのーっ!?」

そう叫ぶと、学園長の鼻提灯が割れた。

「む、何奴ッ！」

「あ、起きた。アンナです」

「なんだ、アンナ君か。どうしたかね？」

「って、こんな悠長なこと言ってる場合じゃないんです！　クロエが魔神に身体を乗っ取られて、今戦っているんです！　学園長、助けてください！」

「なぬ!?　それはワシも行かねばな。喝ッ！！！」

学園長は力を入れると、上半身の服がビリビリと破れた。

筋骨隆々とした身体が姿を見せる。

「ええ……」

「アンナ君、場所を教えてもらえるかね」

「はい！　ついてきてください！」

校舎から出ると、上空で戦うリヴェルとクロエが見えた。

「アレです！」

「ふむ……どうやらもうリヴェルの実力はバレてしまっておるのぉ」

「スパイもクロエを乗っ取っている魔神で、既に実力はバレていたみたいです」

「ほう……これはワシの責任じゃな。ならば、ちゃんと責任は取らねばならぬ。アンナ君、ワシから少し離れておくれ」

「え？　あ、はい」

離れると、学園長は足を深く曲げた。

「ふんっ！」

バネのように、学園長は一気に地面を蹴り上げ、リヴェルとクロエに向かって飛んで行った。

何これ……凄すぎでしょ……。

＊＊＊

魔神の相手に俺は少し手を焼いていた。

俺は今、乗っ取っている魔神だけを攻撃したい訳だが、普通の攻撃をしては単にクロエの身体を痛めつけるだけになってしまう。

「ふはは！　どうした！　貴様の実力はその程度か」

「くっ……」

何かいい方法はないか……。

「ほら、止めなければ大火事になるぞ――《黒炎業火《こくえんごうか》》」

魔神は黒い火の塊を放った。

炎の温度が普通の火魔法よりも圧倒的に高い。

どう考えても火事どころでは済まないな。

俺は《絶対零度《ぜったいれいど》》を使い、黒炎を全て凍らせた後に粉々にする。

「……な、なんだと!?」

「驚いているようだな。そして痛感したんじゃないか？　俺とお前の実力差を」

「ありえん！　我は暗黒魔境の創造者であり、破壊の限りを尽くした魔神だぞ！」

「正直お前、暗黒魔境でちょっと強いぐらいのレベルだよ。それじゃあ俺には勝てないな」

「くっ……！　まさかこれほどの強さとは……！　だが、それでもお前はこの身体に手を出せまい！」

「どうだろうな」

そう、俺は奴を倒すことは出来るが、クロエを救うにはそれでは不十分。

……気絶させてみるか？

単純な考えだが、やってみる価値はありそうだな。

そんなことを考えていると、

「クロエッ！　これ以上悪さはさせんぞッ！」

学園長が物凄いスピードで飛んできた。

そして、そのままクロエに殴りかかる。

「老いぼれが……！」

怒濤の学園長の連打に魔神は顔を歪める。

キンッ、キンッ、と甲高い金属音が連続して鳴る。

普通の拳と剣がぶつかり合って鳴る音じゃないな。

どうやら学園長は拳を鋼鉄化しているようだった。

となると、学園長の才能は【魔拳闘士】とかかな？

「クロエはそんな汚い言葉は使わんッ！　ワシが退治してやる！」

「雑魚が調子に乗るなよ！」

学園長の乱入してきた今、魔神を気絶させる絶好のタイミングだ。

俺はすぐさま魔神の背後に回る。

「かかったな、リヴェル！　奥の手というのは隠しておくものよ！　――《封鎖空間《ふうさくうかん》》」

白い光に包まれると、気付けば俺は真っ白な空間に入れられていた。

相手を異空間に閉じ込める魔法か。

「流石は魔神といったところか。あの距離では回避不可能な魔法だな」

魔法の練度、魔力の量、どれもクロエを遥かに凌駕《りょうが》している。

他人の身体を乗っ取った状態でこの実力は驚きだ。

本当の姿の魔神は——正直、俺でもかなわないかもしれない。

「だからこのタイミングで復活してくれたのは丁度良かったかもしれないな。魔神はあの状態の実力でも英傑学園を相手に出来ると思っていたみたいだが……いや、待て。果たして本当にそうなのか？」

言葉にして、俺はハッと気付いた。

「違う……。アイツは、クロエの精神状態が不安定なときに身体を乗っ取ることが容易だったから出て来ただけなんじゃないか？　そして、スパイと自ら言っていたように、アイツは帝国と繋がりがある。……ここから逃げられたらまずい」

憶測でしかないが、英傑学園から逃げて、帝国に行き、真の実力を発揮出来るようになったら
……？

でも、それならクロエの身体に宿る必要性がなかったんじゃないか？

……いや、クロエじゃなきゃダメだったんだ。

アイツはクロエの別の人格を乗っ取った、と言っていた。

その人格がなければ、魔神はクロエの中に宿ることは出来なかった。

「そうか、アイツを育てるのにクロエは絶好の条件下にあった訳か。聞いた話によると、クロエの才能を【剣聖】まで引き上げたのも魔神の仕業らしいしな。それを餌にクロエの両親を帝国側に引き込むことも出来たって訳だ。まさに一石二鳥の作戦だな」

だとすれば、尚更アイツの目的は英傑学園で暴れることではないだろう。

「こんな空間で俺を閉じ込められると思うなよ」

空間内部の状態は《アイテムボックス》と似ている。

しかし、時間の流れは存在しているし、俺のような生きている者を入れることも可能。

そして俺がいたはずの座標と何も変わりはない。

ならば、この空間を切り裂けば元の場所に戻れるはずだ。

アイツも俺をこれで閉じ込められると思っていないだろう。

それにアイツの行動の理由を考えれば、全てに一貫性がある。

「派手に暴れていたのもクロエの身体に馴染むことを悟られないためのフェイクだな」

そう、魔神の行動は『時間稼ぎ』が目的ならば全て辻褄が合うのだ。

そこまで分かれば、後はここから脱出して、奴の逃げ道を塞ぐ。

倒すよりもそれが先決だ。

「さて、とっととここから出させてもらおうか」

この空間を切り裂くにはある程度大きな力が必要となる。

単純で楽だ。

何も考えずに剣を振ればいいだけだから。

「――《纏魔羽衣《てんまはごろも》》」

○《纏魔羽衣》
身体の表面に自身の魔力を纏わせるスキル。外部と内部の魔力がお互いに補完し合い、総量が増幅される結果、身体能力が１００倍に跳ね上がる。

ただし、内部と外部の魔力比率が１：１にならなければ発動しない。微量でもバランスが崩れれば、すぐさまスキルの効果は消え失せる。完璧な魔力のコントロールと常軌を逸した精神力がなければ成立しない。


この状態になると、魔力の量が多すぎて、魔力が可視化される。

常に流動する魔力はバチバチ、と電気のように身体を覆っている。

剣を横に振り、一閃。

白い空間に一本の線が入る。

上下が次第にズレ始めた。

そこに剣を縦にもう一振りすると、白い空間は砕けて消え去った。

「なんだと!?　もう戻って来たのか！　それになんだその魔力は！」

魔神は驚く。

しかし、魔神の近くには学園長の姿が見当たらない。

地面を見ると、ボロボロになった学園長が倒れていた。

「ふはは！　そのジジイ面白いよな。意気揚々と挑んで来たが、所詮は人間。この身体に何も攻撃を入れられなかったたな！」

「いいのか？　そんなことを言って」

「いいも何も事実だろう」

「そうか、じゃあもうここから逃げられないと思え。お前の企みはもう分かっている」

「……何を言っている？」

「今までの行動は全部時間稼ぎだったんだろう？」

「ふん、妄言だな」

「ああ、それならそれでいい。だが、お前は絶対に逃さない――《無間地獄《むげんじごく》》」

魔神と俺の周囲を黒色の障壁が覆う。

これは暗黒魔境の化物共の動きを封じるために考案したスキルだ。

《無間地獄》に捕われた者は俺がスキルを解除しない限り、逃げることは出来ない。

中はとても暗いが、俺の目はすぐ暗闇に順応するようになっている。

「こんなもの……！」

魔神は黒色の障壁を壊そうと魔法を放つが、びくともしない。

「今からお前を気絶させる。クロエの身体は返してもらうぞ」

「……ふふっ、やってみろ！　貴様では我を止められん」

魔神も暗闇で目が利くようだ。

俺に向かって斬撃を加えようと動いている。

「――遅いな」

魔神が目で追えない速さで動き、確実に背後を取った。

少しでも反応させない。

魔神の意識さえも無防備な状態で延髄《えんずい》を手刀で叩いた。

「――っ」

手刀で叩くと、糸が切れた人形のようにクロエの力が抜けていった。

「ふぅ、気絶したみたいだな」

気絶すればこっちのものだ。

精神魔法でクロエの意識下に入り込む。

それで魔神を退治出来れば、万事解決だ。

気絶した状態なら精神魔法で意識の深層にまで潜り込みやすいだろう。

「悪いな、クロエ。お前の心の中、覗かせてもらうぞ」

申し訳ない気持ちを紛らわせようと、気絶したクロエに俺はそう言って、精神魔法をかけた。

＊＊＊

「クルトさん！　見つけましたよ！」

英傑学園内を駆け回って、やっとクルトさんを見つけることが出来ました。

南の校門付近でクルトさんは立ち尽くしていました。

一体何をしているんでしょう？

「リヴェルさんが魔神に身体を乗っ取られたクロエさんと戦っています！　クルトさん、助けに行ってあげられませんか？」

「なるほど、やっぱりそうだったか」

「えっ、やっぱり？」

「あぁいや、気にしないでくれ。独り言さ」

私は何か違和感を覚えました。

独り言でもやっぱり、なんて言うでしょうか？

いや、そんなことよりリヴェルさんを助けに行ってもらわないと！

「あっちでリヴェルさんが戦っています！　クロエさんめちゃくちゃ強くてもしかしたらリヴェルさん負けちゃうかもしれません！」

「いや、それはありえないさ。そう、僕は確信してる」

「どうしてですか!?　心配にならないんですか？　クルトさん！」

「ああ、申し訳ないね。僕は今、僕のためにここにいる。それがリヴェルのためになると信じてね」

「……分かりました。じゃあ私は何とかリヴェルさんの手助けが出来ないか頑張ってみます」

「申し訳ないね。そっちは任せたよ」

「はい……」

クルトさん、本当にリヴェルさんのところに行かないんだ……。

一体どうしちゃったんだろう？

んー、もともとあまり助けるって感じの性格ではなかったかもしれない……。

全ては魔法を極めるため、みたいなところはあるかも。

……いやいや！　こんなことを考えてはクルトさんに失礼ですね。

クルトさんはちゃんと優しいし、周りに気遣いも出来ますから。

うーん、何のフォローだろ、これ。

私は首をブンブン、と横に振ってリヴェルさんが戦っている場所に戻るのだった。

＊＊＊

精神魔法でクロエの意識下に潜り込んでいると、色々なクロエの思い出が見えた。

思い出の深く、奥深くに、俺は潜り込んでいく。

「どうしてお前は剣術の才能がないいんだ！」

「そうよ！　パパは【剣聖】でママは【剣姫】なのよ!?　どうしてもっと頑張れないの!?」

クロエのお父さんとお母さんだ。

凄い形相でクロエのことを怒っている様子が鮮明に流れていく。

「ごめんなさい、ごめんなさい……」

幼いクロエが両親に向かって、ただ、ただ、謝っている。

こんなの……あんまりだ。

両親はなぜクロエを愛してやれなかったんだろうか。

俺の両親は、俺をちゃんと愛してくれていた。

だから俺は真っ直ぐに育つことが出来たのかもしれない。

「クロエはよく頑張っておるよ。ワシは知っておる。いつかそれが報われるときにきっと笑えるはずじゃ」

学園長の言葉だ。

あの学園長がクロエを溺愛する理由が分かった気がする。

そして、クロエに攻撃出来なかった理由も。

「私の才能が【剣聖】……？　【剣士】を授かったのは夢……？」

クロエが動揺している様子だった。

そうか、このときに魔神はクロエの身体に宿ったのか。

「私はもっと頑張らなきゃいけない」

「ううん、頑張らなくて良いよ。クロエはいっぱい頑張ってるんだから！」

クロエが誰かと話しているところだ。

でも、その誰かの顔は見えない。

一体誰だ？

「もう嫌だ。私はただパパとママに褒められたいだけなのに」

「うん、そうだよね。クロエ、少しは休んでもいいんだよ。私がその分頑張ってあげるから」

「……分かった。ごめん、少し眠るね」

「おやすみ、クロエ」

ああ、分かった。

この子がクロエのもう一人の人格だ。

中等部1年生のときに頑張っていた明るいクロエはこの子だったのかもしれない。

「ねえ、どうして消えちゃったの？　ねえ！」

これは多分中等部2年生のときのクロエだ。

そうか、あの明るいクロエは消えてしまったのか。

……いや、そんなことはない。

消えるなんてありえないだろ。

魔神の言葉が脳裏をよぎった。

――主人格とは別の人格を乗っ取った。

つまり、魔神が乗っ取ったのは明るいクロエ。

そして、いなくなったのは明るいクロエを乗っ取った魔神が目を覚まして、クロエ自身に気付かれないように姿を隠したのだ。

だったら、魔神の居場所は――。

「見つけたぞ、魔神」

意識の深層でもう一人のクロエが隠れていた。

俺に見つかると、そいつは嫌そうな顔をして、

「やめろ！　やめてくれ！」

「お前を退治すれば、クロエは元通りになる。消えろ」

「く、くそっ！」

一閃。

魔神クロエの胴体を斬り裂いた。

「くっくっく、ふっはっはっは！　礼を言うぞリヴェル！　貴様のおかげで我はここから脱出出来る！」

「なに？」

「この小娘の身体など、どうだってよいわ！　大事なのは我がここから逃げ出して、真の力を身につけることよ！　そして小娘ではなくなった我は貴様の《無間地獄》からも抜け出すことが出来るのだ！」

しまった！

このクロエを倒したところで魔神は倒したことにならないのか……！

すぐさま精神魔法を解除し、意識を元に戻す。

「じゃあなリヴェル！　いつか貴様を殺しに戻ってくるぞ！」

霊体のように透明になった魔神の姿は、俺が暗黒魔境で見てきたような悪魔と酷似していた。

「逃がすかよ」

「我を追っていて大丈夫か？　さっきの小娘を受け止めてやらねば高所から落ちて大変なことになるぞ」

「くっ――！」

魔神の言う通り、空中からクロエは落下している。

これはクロエを助けざるを得ない！

「クロエッ！」

「ふははは！　所詮、貴様は人間よ！　馬鹿共め！」

まずい、このままでは魔神に逃げられる……！

「リヴェル！」

「リヴェルさん！」

「アンナ！　フィーア！」

ああ……そうか。

俺にはこんなにも心強い仲間がいるじゃないか。

霊体となった魔神の先には、火竜に乗ったアンナと二丁拳銃を握ったフィーアが待ち構えていた。

＊＊＊

「こいつがクロエを乗っ取っていた魔神って奴ね。絶対に仕留める！」

「……絶対に逃さない」

「雑魚共が我の邪魔をするなァ！　――《魔光羅刹《まこうらせつ》》」

魔神の霊体からアンナとフィーアに向けて、二つの光線が放たれた。

「アンナさん、ここは私に任せて」

「えっ？　あ、うん！」

二丁拳銃を握ったフィーアの雰囲気の変わり様にアンナは驚いているようだった。

「――《魔弾《まだん》・鏖《おう》》」

フィーアの二丁拳銃から放たれた銃弾は、魔神の光線を呑み込んだ。

そのまま魔神に当たるかと思われたが、それよりも速いスピードで魔神は銃弾をかわした。

「なんてスピード……分かった。アンナさん、南の校門にアイツを誘導しましょう」

フィーアはハッとクルトの存在を思い出した。

そして、なぜクルトが南の校門で待ち構えていたのか、分かった気がした。

しかし、なぜこうなることをクルトは予想出来たのか。

それだけは分からなかった。

すぐに考えても分かることではない、とフィーアは結論付けて思考から切り離した。

「……なにか考えがあるみたいだね。分かったよ！　いくよ、フェル！」

アンナは火竜を操り、魔神のスピードに並ぶ。

フィーアは遠距離攻撃で、アンナは魔神と並ぶスピードで近距離攻撃を仕掛ける。

即席とは思えない良いコンビネーションを二人は見せつけた。

「人間ごときに……！」

魔神はフィーアとアンナをとても煩《わずら》わしく思っていた。

鬼のような形相で二人から逃げていく。

完璧な状態ではないうえにリヴェルとの戦いで力を消耗した状態でなければ二人を瞬殺出来たはずだ。

それなのに魔神は今こうして、逃げ回ることしか出来ない。

屈辱だった。

しかし、そう思えば思うほど、フィーアの作戦に魔神ははまっていく。

「はあぁぁっ！」

魔神が南の校門から逸れようとしたところをアンナは攻撃をし、軌道修正する。

「小癪なっ！」

魔神もそれに対抗するが、いつリヴェルが追いついてくるか分からない。

今は逃げることを優先するべきなのだ。

魔神にしてみれば、この状態でリヴェルに追いつかれたら終了なのだ。

フィーアもスピードを少しでも下げるために遠くから銃撃を行う。

銃撃を避けるために、魔神は直進以外の選択をしなければいけないため、実際に魔神のスピードは落ちていた。

二人の攻撃に魔神は段々と怒りを覚えるが、反撃する時間はどこにもない。

そして魔神はフィーアとアンナの作戦通り、南の校門にやってきた。

魔神の進路に立ち塞がるのはクルト。

このときをクルトは待っていたのだった。

「へぇ、アンデッド族みたいなものだね。じゃあ光魔法が有効そうだ――《燦爛聖光《さんらんせいこう》》」

眩い光が魔神を包む。

「ぐあああ！　き、貴様……！」

光に包まれた魔神は、焼け焦げるもまだ言葉を発するだけの余裕はあるようだった。

クルトは近付いて、魔神と対話を望んだ。

「魔神ってこんなに弱いのかな？」

「……く、くっくっく、我の全力ならば、あのリヴェルも余裕で仕留めることが出来る」

「余裕？　それは凄いね。でも、今の君は所詮この程度の実力だったってわけだよ。申し訳ないが僕には負け惜しみにしか聞こえないね」

「ほう、では貴様に見せてやろうか？　我の真の実力を」

「見せてごらんよ」

「ならば貴様の身体を寄越すが良い。貴様の身をもって教えてやろう。それに越えたいのだろう？　リヴェルを」

魔神はそう言って、邪悪に笑った。

クルトは顎に指を当てて考えた。

「クルトさん！　早くそいつにとどめを刺してください！」

フィーアはどこか嫌な予感がして叫んだ。

「だったら私がとどめを――」

アンナが魔神に近づこうとしたそのとき、

「うん、分かった。面白そうだ。君の力、僕に寄越しなよ」

「交渉成立だ――」

突如現れた大きな暗黒の柱がクルトと魔神を呑み込んだ。

空へと続いていく暗黒の柱は禍々《まがまが》しく、とてつもない魔力を帯びていた。

「あ、ああ……」

フィーアはその魔力を感じ取って、ブルブルと身体を震わせた。

アンナもすぐに柱から離れた。

「な、なにあれ……」

鼓動が速くなる。

アンナはもともと大きい目を更に見開いた。

手を握る力も抜けて、剣が地面に落下した。

「グゥゥ……」

アンナが乗る火竜も怯えるような声をあげた。

第七話　最高の遊び

「なんだあれは……」

魔神の後を追ってきてみると、アンナとフィーアが立ち尽くしていた。

「リヴェルさん、クルトさんが……」

「クルトが……？　もしかして、あれはクルトなのか……？」

あれが魔神ではなくクルトだとすれば、クルトは――魔神に身体を乗っ取られたのか？

徐々に暗黒の柱が消えていくと、その中心にクルトが立っていた。

「ふうん……」

クルトは両手の腹の前に持ってきていて、目線を下に送った。

クロエのときのように姿が変わっている様子はない。

しかし、クルトの魔力は化物みたいに大きい。

《纏魔羽衣》を使っている状態の俺よりも既に大きな魔力を持っているのだ。

「クルト、お前……」

「リヴェル……もしかして僕が魔神に身体を乗っ取られた、なんて思っているのかい？」

「なに……？」

喋り方は普通で、いかにもクルトが言いそうなことだった。

「僕は、魔神と契約して、アイツの力を自分のものにしたんだ」

「お前、なんてことを……」

「瀕死の状態にしたのが功を奏したのかもしれないね。魔神が僕を奪おうとする力は大して強くなかった。ただ、魔神の意思を受け継ぐ形になってしまった」

「魔神の意思だと？」

「自分の本能が呼びかけてくるんだ。『破壊の限りを尽くせ』ってね。だから今も僕は耐えがたい欲求と戦っているわけさ」

「そんなことはさせないぞ、クルト」

「それなら好都合だね。今の僕の望みはリヴェルと戦うことだけだからね」

……そういえば、そんなことを前にクルトが言っていたな。

「それはお前が言う世界最強の魔法使いである証明のためか？」

「もちろん」

「それで魔神なんかを取り入れるなんてな。どうかしてるぞ」

「かもしれないね。でも、僕の中ではリヴェルを超えることが何よりも優先されるんだ」

ああ、確かに。

お前はもともとそういう奴だったかもしれない。

それがなんだかクルトらしくて今も憎めない自分がいる。

でも、間違ったことをしているなら正してやらねばならない。

俺はお前の友達だからな。

「分かった。お前に実力の違いってやつを見せてやるよ」

「それは大変楽しみだ。でも僕は確信しているよ。君を超えた、ってね」

「そうか。じゃあそれを俺は超えるまでだ」

今までだってそうやって俺は強くなってきたのだから。

「――《纏魔羽衣》」

クルトは魔法使いであり、接近戦は俺が有利なはずだ。

魔力の総量だけで勝負は決まらない。

クルトとの距離を一瞬にして詰めるが、それをクルトは目で追っていた。

「ふふ、凄い魔力だね。今の僕に匹敵するレベルだ。――でも、足りないね」

斬りかかるもクルトには届かない。

魔力障壁が尋常じゃないレベルの強度だ。

接近戦に持ち込もうとしても攻撃が届かないなら話にならない。

だから、ここは何が何でも攻撃を当ててやる。

「――《無窮刹那《むきゅうせつな》》」

俺が放つことの出来る最強の一撃。

言うなればこれは《纏魔羽衣》状態で使える《剛ノ剣》だ。

○《無窮刹那》
《纏魔羽衣》を使用中に自身の魔力を均一にして放つ攻撃。

《纏魔羽衣》状態では、魔力の量がとてつもない量になり、《剛ノ剣》をそのまま使うことは出来ない。

だから新しくスキルを創造する必要があった。

そして出来たのが《無窮刹那》だ。

「――――《虚空魔剣《きょくうまけん》》」

クルトは魔法で黒色の剣を作り出し、俺の《無窮刹那》を受け止めた。

剣に込められた魔力は計り知れない。

膨大で禍々しい魔力によって構成されたあの剣は、一流の鍛冶師が叩き上げたものよりも優れているだろう。

しかし、ただ受け止められただけなのは少しショックだな。

「お前、剣術なんて使えたのかよ」

「使えなかったよ。これは魔神の能力さ」
なんでもありだな。
だが、他人の力で勝てるほど俺は弱くないさ。
戦闘中の魔力の動かし方、それは幾度も戦闘を経験して洗練されていくものだ。
剣と剣がぶつかった瞬間に、俺は脚に魔力を集中させ、一気に加速する。
クルトとの戦いに勝機を見出せるのは、この距離。
俺の間合いで戦ってやっと五分五分ぐらいだ。
だから今、このタイミングで仕留める。
「もらった」
俺の剣がクルトを捉え、背中を斬った。
クルトの身を案じる余裕はない。
本気で、命がけで、お前を倒しに行く。
紅い血飛沫《しぶき》が噴き出るが、背後を振り向いたクルトは邪悪に微笑む。
普段のクルトが見せない歪んだ笑みだった。
そして、次の瞬間。
クルトは俺の視界から消えた。
それに反応した俺は反転し、背後からの攻撃に備える。
しかし、そこにもクルトはいなかった。

どこだ？　と、俺は上を向くがいない。

「リヴェル！　後ろ！」

「リヴェルさん！　後ろです！」

アンナとフィーアの叫び声を聞いて、俺は咄嗟《とっさ》に動こうとするが、

「――遅いよ」

そう聞こえた瞬間、背中に激痛が走った。

「ぐっ」

思わず、俺はクルトと距離を取った。

クルトに与えた傷はもう既に塞がっていた。

しかし、一体クルトは何をしたんだ？

分からなかった。

クルトの魔力は一瞬にして消えて、まるで世界から消えたようだったのだ。

「何が起きたのか分からない、って顔をしているね。君が普段見せない珍しい表情だ」

「はは……お前もその表情、普段は絶対に見せないだろうぜ。いかにも悪人ってツラしてるよ」

「それも悪くないね。種明かしをしてあげよう。僕はこの場から一歩も動いていないよ」

「……なに？」

「リヴェルに認識阻害の魔法をかけたんだ。そして、僕は自身の魔力を消し、透明化の魔法も使った。それだけだよ」

俺に魔法をかけた……？

阻害系の魔法のほとんどは耐性があり、普通ならば俺に魔法はかけることが出来ないはずだ。

それをあの一瞬でかけたって言うのか？

……化物め。

「ふふ、楽しいね。僕は今、人生の絶頂にいる自覚があるよ。本気のリヴェルと命を懸けて戦う――この瞬間を味わうために僕は生まれてきた、と言っても過言ではないさ」

「お前そのために魔神を……？」

「かもしれないね。そうすればリヴェルと真剣勝負が出来るから」

「バカ野郎……っ！」

「ふふ、申し訳ないね。でもこれが僕だ。――さぁリヴェル、最高の遊びを始めよう」

……ああ、思い出した。

浮かび上がってきたのは、クルトと初めて戦ったフレイパーラの新人大会の決勝戦。

そこでクルトは俺に言ったんだ。

『リヴェルとなら最高の遊びが出来そうだよ』

魔神を身体に取り込んだというのに、芯の部分はまったく変わっていないのだ。

まったく、自分勝手な奴だ。

こうなればもう付き合ってやるしかあるまい。

背中が焼けるように熱い。

深くまで斬られてしまっており、かなり血が流れている。
血を止めるためにも回復魔法を使用する。
「回復するんだ。いいの？　後手に回っても」
クルトは次々に魔法を発動させ、何十もの魔法が襲いかかってきた。
一つ一つがかなりの威力を持った魔法だ。
くそ……これでは避ける隙がない。
《無窮刹那》で全ての魔法を斬る――！
俺に当たるだけの面積を斬ると、そのまま地面に魔法は直撃し、激しい爆発が起きた。
煙が舞って視界が悪い。
早く移動しなければ次の攻撃に対応出来ない。
クルトの言う通り完全に後手に回っている。
これではダメだ。
俺から仕掛けなければ負ける。
脚に力を溜めて、上に飛ぶ。
煙を突き抜けた先には、クルトが待ち構えていた。
「そう動くのは分かっていたよ」
クルトの目が朱《あか》い輝きを放っている。
これは、まさか……。

「《賢者ノ時間》の未来読みは、敵が強者であればあるほど有効だね。君の動きは速いから」

アンナとの模擬戦で見せたあのスキルだ。

クルトはニッコリと微笑んで、

「これは避けられないよね――《混沌咆哮《こんとんほうこう》》」

火、水、風、３つの属性が合わさった魔法を目の前で放ってきた。

まずい、回避――いや、ダメだ。

その魔法の進行方向にはアンナとフィーアがいる。

避ければ二人に被害が及ぶ。

クソ……！　ここはなんとか耐えるしかない。

直撃箇所に魔力を移動させ、出来るだけ衝撃を和らげようとしたが、この魔法は威力がデカすぎる。

ヤバイ……これは身体が耐えられそうにない。

だが、ここで受け止めなければ俺だけでなくアンナとフィーアが危ない。

なんとか耐えなければ……。

衝撃がなくなり、クルトの《混沌咆哮》を耐え切ったことが分かった。

それを理解した瞬間、頭にプツンとした衝撃が走り、視界が真っ暗になった。

＊＊＊

「リヴェル！」

空中でクルトの魔法が直撃したリヴェルは、力なく落ちていく。

私は落下するリヴェルに駆け寄って、受け止めた。

両腕の中で意識を失っているリヴェルを抱きしめた。

「死なないで！　リヴェル！」

声をかけても、リヴェルは目を開けない。

嫌だ……リヴェルに死んで欲しくない。

そう思うだけで、鼓動が速くなった。

不安で仕方なくて、心臓が今にも飛び出てきそうだ。

目が熱くなって、涙が溢れてくる。

何も出来ない自分が情けないし、こうやって泣いているだけなのも嫌だった。

「はは、流石リヴェルだ。あの攻撃をくらっても死なないとはね」

「……クルトさん、なんでこんなことをするんですか。クルトさんはリヴェルさんのことを慕っていましたよね……友達でしたよね！」

「フィーア……」

フィーアがクルトに向かって叫んだ。

目からは大粒の涙を流していた。

「もちろん。リヴェルは僕の師匠であり、一番の友人。でも、それとこれとは話は別だ。僕の目標を達成するにはリヴェルを倒さなければいけない。それも全力のリヴェルをね。だから、これは良い機会だったんだ。まぁ、もっと遊びたかったんだけどね」

「別じゃないですよ……！　クルトさんはリヴェルさんの命よりもその目標を達成することを選んだんですか……!?　そんなの友達なんかじゃありませんっ!!」

「ふむ……それはフィーアの考えだね。僕の考えは違う。僕はね、世界最強の魔法使いになりたいんだ。そして、それはもうすぐ果たされるんだ。リヴェルを倒せば、ね」

「間違ってます！　そんなのおかしいですよ……！　それになんでリヴェルさんを倒せば世界最強の魔法使いってことになるんですか？　意味が分かりません！」

「それは僕がリヴェルこそ世界最強だと思っていたからさ。そしてリヴェルは魔法を使う。だから僕の中では魔法使いにカテゴライズされている訳で、そんなリヴェルを超えないと僕が世界最強だということにはならないだろう？」

「そんなくだらないもののなんかのためにリヴェルさんと戦わないでください！」

「ふぅん、残念だ。理解されないのは意外に悲しいものだね。まぁいいさ、仕方ない。それよりも早く僕が世界最強の魔法使いだと証明することにしよう」

　クルトは歩いてリヴェルに近付いてくる。

　……怖い。

　でも、黙ってリヴェルを失う方がもっと怖い。

リヴェルを地面に寝かせて、私は立ち上がってクルトに剣を向けた。

「ほう。君、まだ戦えるんだ。この僕を相手に」

「……当たり前でしょ。あまり私のことを見くびらないでもらいたいな」

「その割には膝が震えてるけど？」

「うっ、でも、リヴェルは殺させない！　絶対に！」

「ふふ、その言葉を聞いたらリヴェルは大喜びだろうね」

「クルトさん、私も相手です」

私の隣にフィーアが並んだ。

「こうなるのも仕方ないか。まぁ安心しなよ。君たちは殺さない。あくまでも僕はリヴェルを超えることだけが目的だからね」

不思議だった。

クルトは魔神を身体に宿しているのに完全な悪人ではない。

自我があって、私達にこんなことを言う。

考えがまるで読めない。

でも、一つだけ言えるのは、リヴェルは何としてでも守らなければいけない。

＊＊＊

ヴィンセントを安全な場所へ運ぼうとしたアギトが取った行動は、彼の知り合いを見つけることだった。

「おいお前、コイツの知り合いか？」

アギトは避難する生徒をよく観察して、こちらに視線を向けてきた者に声をかけていた。

「え、ああ、ヴィンセントは知ってるけど、一体どうしたんだ？」

アギトが声をかけたのは、クラスＡでリヴェルやヴィンセントと同じクラスの者だった。

「あの騒動で気絶しちまったみてェだ。俺は行くところがあるからよォ、良かったらコイツの面倒みてやってくれねェか？」

「分かったよ。同じクラスメイトでヴィンセントには中等部の頃から世話になってるからな」

「……おう、ありがとな」

アギトはその言葉を聞いて、耳を疑った。

しかし何も言うことはなくヴィンセントを渡すと、アギトは駆け出した。

自分の最低限すべきことはやったアギトが向かうのはリヴェルのもとだった。

激しい戦いが行われているのか、耳を澄まさなくても戦いの音は聞こえてきた。

「あっちか」

大急ぎでアギトは音のする方へ向かった。

そして、アギトが現場に到着したときに見たものは、自分の仲間と対峙するクルトだった。

アギトは、なぜクルトが？　そう思うと同時に、ふつふつと怒りが沸いてきた。

「クルト、てめェなにやってんだァッ！」

「アギトさん！」

「アギトくん！」

「やぁ、アギト。見れば分かるだろう？　リヴェルと戦っているんだ」

叫ぶアギトにクルトは微笑む。

「そう思うのは仕方ないだろうね。だけど、アギトになら説明しなくても良いかな。どうせアギト、聞く耳もたないだろう？」

「ああ、当たり前だろォが。こんなところを見て、怒らねェ奴ァいねーよ」

「ははっ、君らしいね。さて、僕の敵はフィーア、アギト、そしてアンナか。3人まとめて相手してあげるよ」

「上等だァ！」

アギトは激昂して、クルトに向かって駆け出した。

「フェル！」

アンナはすぐさま火竜に乗り、アギトが突撃していくのに合わせて動いた。

だが、しゅんっ、とクルトはその場から姿を消して、二人は周囲を見渡す。

「上です！」

と、フィーアは叫んで魔弾を放った。

しかし、クルトに当たることはく、魔弾は展開されている魔力障壁に阻まれてしまった。

その直後、再びクルトは消え、今度はアギトとアンナの前に現れる。

「こんな風に上にいけば、君たちは追ってこられないよね。でも安心してくれ。僕はそんな一方的な戦いを望んでいないからね」

「このクソ野郎ォ！　《炎剣《えんけん》・炎月車《えんげつぐるま》》」

「《灼熱炎舞》」

アギトとアンナの渾身《こんしん》の一撃もフィーアと同じように魔力障壁に阻まれてしまう。

「ほら、いくよ」

クルトが指を鳴らすと、二人はボンッと、吹き飛ばされてしまった。

「ぐあッ！」

「くっ……！」

「まさか魔法を使うまでもないとはね。これが魔神の力とは恐れ入ったよ」

「てめェ……魔神なんかの力で強くなって、それで満足なのかァ!?」

「ああ、満足さ。自分が最強になるために手段を選ばなかっただけさ。それに、リヴェルも同じように手段を選ばずに努力してきただろう？　同じさ」

「てめェのそれは他人の力を貰っただけじゃねェか！　リヴェルは自分の力だけで強くなってんだ！　全然同じじゃねえよ！」

「ふふ、一理あるね。ま、それでも僕は構わないさ。現にこうして圧倒的な力を手に入れたのだからね。さて、そろそろ君たちも分かっただろう？　僕を止めることは出来ないって。だから、眠っていてもらうよ」

クルトがそう宣言したそのとき、

「キュウウウウゥゥゥゥゥゥウ!!」

大きな白い竜が上空から猛スピードで飛んできた。

「あれは……！」

「キュウちゃん!?」

白い竜は３人の前に降り立った。

『あるじは僕が守る！』

「キュウ!?　その姿、どうしたの？」

『あるじのピンチだから僕も本気を出すことにした！　クルト、許さないぞ！』

「そうだよ、キュウ！　クルトの好きには絶対にさせない！　一緒にリヴェルを守ろう！」

「私も頑張ります！」

「ったく、しゃーねえ。もうちょっと頑張ってみるか！」

キュウの登場でみんなの折れかけていた心が復活すると、キュウとアンナの身体は眩い輝きを放ちだした。

「えっ!?　な、なにこれ！」

「アンナさんとキュウちゃんが光ってます……これはクルトさんの仕業ですか!?」

「いいや、僕は何もやっていないよ。……ふふ、まぁ楽しそうだから見学していてあげるよ。何が起こるのか、僕に見せてくれよ」

　アンナはハッと、気付いた。

　これは昔、マンティコアと戦ったときと同じなのだ。

　キュウと初めて会って、一緒にリヴェルを助けようとしたとき、こんな風に光っていたのをアンナは思い返していた。

「後ろを見てごらん」

　クルトがそう言うと、みんなは後ろを振り向いた。

　すると、リヴェルの身体までもが眩い輝きを放っていた。

「一体、何が起きているの……？」

　どうしてリヴェルまでもが光り輝いているのか、アンナは不思議だった。

　マンティコアのときは自分とキュウだけが光っていて、リヴェルが光ることなんてなかった。

　光はどんどんと大きくなっていく。

『凄い懐かしい！』

「懐かしい？　前も言っていたけど、一体どういうことなの？」

『きっと、すぐに分かるよ！』

　キュウはそう言うと、ますます光は大きくなる。

「きゃっ！」

　そしてとうとう、その光に私たちは呑み込まれてしまった。

第八話　世界最強の努力家

暖かくて心地がいい。

なんで俺はこんなにも眠っているんだろう。

あ、そうだ。

クルトと戦って……死んだのか？

記憶が曖昧だ。

どうなったのか、ハッキリと覚えていない。

「リヴェル、起きて」

肩を揺さぶられた。

この声は……アンナ？

目を覚ますと、アンナが抱きしめてきた。

「よかった……目を覚ました……」

「なんで泣いてるんだ？」

「だって……だって、もうリヴェルが目を覚まさないんじゃないかと思って……」

「……ごめんな、心配かけちまって」

「ううん、リヴェルが無事で本当に良かった」

「まぁ無事かどうかは分からないんだけどな」

見るからにここは英傑学園ではないようだ。

真っ白い空間で……ん？　ちょっと待てよ。

この空間、見覚えがあるぞ……？

「目を覚ましましたね、リヴェルさん」

「あ、神様……」

そうだ、ここは神様のいる空間だ。

今まで対話するときはこの空間だったのだ。

いつもは一人なのに、どうして今回はアンナも……？

『あるじ、無事で良かった〜！』

「キュウまでいるのか!?」

キュウはパタパタと飛んできて、俺の頭に乗った。

「ふふふ、仲がよろしくて何よりです」

神様はそう言って微笑んだ。

「神様、どうして俺だけじゃなくてアンナやキュウもいるんですか？　今までこんなこと一度もなかったはずです」

「それは私が呼んだからですよ、アンナさんとキュウさんはリヴェルさんの力の一部を持っているのですから」

「えっ、私がリヴェルの力の一部を？」

俺の力の一部……？

『キュウも？』

「はい、そうです。特にキュウさんは存在そのものがリヴェルさんから生まれていますよ」

『ええ!?　キュウのパパってあるじなの!?』

「間違いではありませんね」

「ええー!?　そうだったの!?」

キュウだけでなく、アンナも大変驚いていた。

俺も内心、めちゃくちゃ驚いているが、状況を理解するので精一杯だ。

神様は楽しそうに喋っているが、こっちは何が何だかさっぱりだ。

「えっと……一から説明してもらってもいいですか？　まったく理解が追いつかなくて……」

「ええ、そうでしょうね。もちろん、最初から順を追って全てを話しましょう。そうですね、まずはリヴェルさんがこの世界の神だった頃の話からしましょう」

……は？

「え、リヴェルって神様だったの？」

『あるじ、凄い！』

「し、知らん知らん。そんなの身に覚えはない」

「覚えていないのも無理はありません。リヴェルさんは神の力を全て使い切り、人間になったのですから」

人間になった……？

神様から人間になることが可能なのか？

「皆さんが当たり前のように授かっている才能、あれはリヴェルさんが生み出したものなのですよ」

「俺が!?」

「えええっ!?」

「その時代の人は天敵である魔物に何も出来ずに、ただ数を減らしていくばかりでした。人間好きだった神様のリヴェルさんは、人間が魔物に対抗するための力を与えられないかと考えました。そこで考え出したのが才能です。しかし、神様が過干渉することは許されておりません。それでもリヴェルさんは自分よりも人間の繁栄を選び、神の力を全て使い切り、人間に才能を授けました」

信じがたい話だが、神様の言うことなのだから間違ってはいないのだろう。

「リヴェルって人間が大好きだったんだね」

『流石あるじ！』

「知らない自分を褒められてもなぁ……」

複雑な気分だ。

「今も昔もあんまり変わらないですよ」

「神様のリヴェルも優しかったんだ。えへへ」

アンナは嬉しそうに言った。

うーん……俺ではない俺、ましてや神様だったなんて言われても現実感はまったくと言っていいほどにない。

この状況自体が夢だと言われた方が信じられる。

仮に夢だとしても否定するだけ無駄なので、続けて話を聞くが……。

「才能を授けられた人間はご存じの通り、繁栄していき、皆さんの今があります。そして、神の力を失ったリヴェルさんは、神様ではなくなり、人間に転生しました」

「それでリヴェルが生まれたってことだね」

「いいえ、違います」

「えっ、違うの⁉」

アンナは驚きで目を見張った。

「はい。これがあったのは大昔の事ですから。リヴェルさんはそれから何度も人間としての人生を歩みました。一生を終えるたびに記憶はなくなり、その都度新しい人生を送っていきます。神だった名残であるユニークスキル《英知》を所持した状態で」

《英知》が神だったときの名残だって……？

それは驚いた。

確かに色々なことを知れるため、規格外のスキルではあった。

しかし、まさかそんな背景があるとは思いもしなかった。

「《英知》って昔からリヴェルが持ってるスキルだよね？　あれが神だったときの名残だったんだ」

アンナは興味深そうに話を聞く一方でキュウは俺の頭の上で眠っていた。

寝息が聞こえてくる。

「……それで《英知》を所持した状態の俺が何度も転生したってことですよね？　それがどうしてアンナとキュウに繋がるんですか？」

「どのリヴェルさんも《英知》と同じように変わらず受け継いでいるものがあります」

「……もしかして、それが【努力】ってことですか？」

「その通りです。【努力】を授けたのにも理由がありましてね。神様だったときにリヴェルさんは言ったんです。『人間の一番優れた力は努力出来ることだ。人間ほど努力家な生物はいない』と。だから私はリヴェルさんに【努力】の才能を授けました。でも、リヴェルさん全然努力しないんです」

「「……え？」」

俺とアンナの声が重なった。

なんで俺は努力していないんだろう。

一つだけ思い浮かぶのは、する理由がなかったから、ってことだけど。

「どうしてリヴェルは努力しなかったんですか？」

「生まれた頃から《英知》をユニークスキルとして所持しているので、努力しなくても大抵のことは出来てしまうのです」

凄い納得した。

確かに俺は幼い頃は《英知》のおかげで神童と呼ばれていたぐらいだった。

まぁでも《英知》の力を見せびらかすのは良くないと思ってからは【努力】を手に入れるまではほとんど使わなかったな。

「なるほど……神の名残のせいで努力しなかった訳ですか」

「はい。その姿を見て私は、やはり努力とは人間だけのものかと思いました。元々神様だったリヴェルさんには【努力】が向いていないのだと。しかし、ある人物と出会うことによってリヴェルさんは努力を始めました」

「い、一体誰!? すっごく気になる！」

アンナは先の内容が気になって仕方ない様子だった。

「アンナさん、あなたです」

「…………ええっ!? 私!?」

アンナと聞いて俺は不思議に思ったことがある。

「ちょっと待ってください。《英知》で【努力】について調べたとき、努力は報われないって書かれていました。だから少なくとも俺が努力を始めたのはアンナと出会う前の人生からですよ」

俺は【努力】の才能を授かった日、《英知》で自身の才能を調べたときのことを思い出した。

そして、そのときに【努力】の説明に、他の才能と違って成長補正が入らず、努力が報われない、と書かれていたのだ。

「はい、その通りです。リヴェルさんが努力を始めたのは一つ前からの人生です」

俺が努力を始めたのは一つ前の人生から……？

……まさか。

「もしかして、アンナも転生者……？」

「流石リヴェルさん、鋭いですね。そうです。一つ前の人生でリヴェルさんはアンナさんと出会いました。それからリヴェルさんはアンナさんを守るために努力を始めました」

「へ、へぇ～、そ、そうなんですね……」

アンナの顔を見ると真っ赤になっていた。

って、まぁ他人事じゃないか。

これは俺も少し恥ずかしい……。

「ですが、リヴェルさんはアンナさんを守り切ることは出来ませんでした。強くなるためにアンナさんのもとから離れている最中に、魔物に襲われてアンナさんは命を落としました」

……ああ、それで俺は努力が報われないって書いたんだな。

成長補正が入らないという理由をつけて、自分の責任だと思い込んだんだ。

「このときのアンナさんは【竜騎士】なんて才能ではなく【パティシエ】という才能を授かっていましたから抵抗する力なんて何もなかったのです」

「アンナが【パティシエ】って……」

「あ、私が欲しかった才能だ……」

段々と不思議だった謎が繋がっていく感覚だ。

「それを知ったリヴェルさんは自ら命を絶ちました。これが前回までの人生です。そして私は考えました。リヴェルさんが努力するにはアンナさんが必要であり、死なせてはならないと。だから私はリヴェルさんの力を少し頂き、アンナさんに【竜騎士】の才能を授け、竜騎士のアンナさんを守れるようにキュウを生み出しました」

「……キュ？」

名前を呼ばれたキュウは目を覚ました。

「キュウってアンナのこと守ったことあったか？」

「あるよ！　私がマンティコアに襲われたときとか！」

「あー、あのときか……」

それ以外特に思い浮かばないが……まぁキュウがいてくれると明るい雰囲気になるよな。

「そして、ここからが本題です。リヴェルさん、この世界の神様に戻りませんか？」

「……神様に戻る？　そんなことが可能なんですか？」

「はい。今のリヴェルさんは神に匹敵するほどの力を持っています。そこにアンナさんの力とキュウの力を頂ければ、間違いなく神様になれるほどの力が復活します。そうすれば魔神の力を宿したクルトさんにも勝つことが出来るでしょう」

「クルト……」

そうだ、俺はクルトに勝たなければいけないんだった。

確かにクルトはもう今の俺で勝てるほど甘くはない。

しかし、ここで疑問が残る。

「アンナとキュウの力を貰ったら、そのあとはどうなるんですか？」

「アンナさんは力を失い、キュウさんは存在が消えてしまうでしょう」

『キュウ消えるの!?』

キュウはビクッと身体を震わせた。

「残念ながら、そうすることでしかリヴェルさんが神の力を取り戻すすべはありません」

「そんな……キュウが消えちゃうの……？」

「ダメだ、キュウを犠牲に俺が力を取り戻すことなんて出来ない……」

「良いのですか？　ここでクルトさんを止めなければ、魔神が徐々にクルトさんの身体を乗っ取り、完全な復活を遂げてしまうでしょう。その結果、多くの人が犠牲になることは間違いありません」

「……じゃあ、何が何でも今持てる力の全てを出し切って、クルトに勝つしかない」

こんな状況一度や二度じゃなかった。

その度に俺はなんとか切り抜けてきたんだ。

マンティコアと戦ったときだって、俺は圧倒的な実力差を見せつけられたじゃないか。

「リヴェル……」

「ハッキリ言って不可能に近いでしょう。マンティコア戦のように、土壇場でスキルを作り出すことが出来てもどうにかなるレベルではありません。次元が違うのです」

「クソ……！」

悔しさで胸がいっぱいだった。

勝てる見込みが限りなくゼロに近いのは俺自身が一番分かっている。

正直言って、あのクルトの強さは次元が違うのだ。

でも、諦めたくない。

キュウを失いたくはない。

『あるじ……』

キュウは俺の前にやってきて、心配そうにこちらを見つめている。

「大丈夫だ、キュウ。この戦いが終わったら沢山アーモンド食べさせてやる」

『僕はいいよ。それであるじ達が助かるなら』

「キュウ……？」

こいつは一体何を言い出すんだ……？

「い、いい訳ないだろ！　お前が消えちまうんだぞ……！」

『僕はもとに戻るだけだよ』

「……キュウ」

アンナは目に涙を浮かべながら呟いた。

『大丈夫。僕は何も怖くないよ』

キュウの覚悟は本物だった。

だったらいつまでも俺が迷っていては主人失格だ。

「……分かった。キュウ……お前の力、ありがたく貰うぞ」

『うん！』

キュウはそう言って、俺に飛びついてきた。

頭を撫でてやると、いつものように頭の上に移動した。

最後までキュウは俺の頭の上が好きみたいだった。

「……リヴェル、私も勿論大丈夫だよ」

「ありがとな、アンナ。……というわけで神様、準備は整いました」

「……いえ、あと一つリヴェルさんには言っておくことがあります。クルトさんを倒した後はあちらの世界に留まることが出来ません。それも承知しておいてください」

世界に留まることは出来ない……？

「……つまり、クルトを倒した後は俺も消えるってことですか？」

「はい。そういうことになりますね」

そんな気はしていた。

もともとクルトを倒すためなら死んでも良いと思っていたんだ。

それぐらいの覚悟はとっくに出来ている。

「ええ、構いません。それでみんなが助かるなら」

「――だ、だめ！」

アンナが叫んだ。

「……ごめんね。リヴェルがいなくなることを考えたら、凄く嫌だった。せっかくまた近くにいるのに、また遠くに行っちゃうのは苦しいよ……」

「アンナ、ごめんな」

「ううん、私のわがままなのは分かってるの……でも、ごめん……素直に受け入れられない」

アンナは顔を両手で覆いながら、肩を震わせて、静かに泣いた。

「ははは、そうだよな。じゃあこんなタイミングで悪いし、すげえ遅くなったけど、あのときの返事をさせてもらうな」

「……返事？」

どうやらアンナは覚えていないようだった。

だったら、思い出させてやるさ。

「――俺は世界で一番アンナを愛してる。強くなくてもいい。立派じゃなくてもいい。少し泣き虫で、食いしん坊で、よく笑うアンナが大好きだ」

そう言うと、アンナは大粒の涙をこぼしながら、俺に抱きついてきた。

「私もリヴェルが大好きっ……！　ずっと、ずっと、大好きだから……！」

俺もアンナを強く抱きしめた。

「……そうだ。一つ約束をしよう」

「どんな約束……？」

「あー、約束っていうよりお願いだな」

「うん……いいよ。何でも言って」

「俺は消えてもまた戻ってくるから。そのときは俺と――結婚してくれ」

「……はいっ……喜んで……っ！」

アンナは涙でぐしゃぐしゃにしながら笑顔で言った。

『キュウも！』

キュウも交ざってきて、しばらくの間、俺たちはそのまま抱きしめ合った。

「……よし、神様。待たせてすみません」

「大丈夫ですよ。もうよろしいですか？」

「俺は大丈夫です」

「私も大丈夫！」

『キュウ、最後にあもんど食べたい』

アーモンドか。

「大好きだもんな、キュウ」

『うん！』

ここで《アイテムボックス》使えるのかな？

そう不安に思ったが、使うことが出来た。

ここ、どういう空間なんだろう……。

《アイテムボックス》からアーモンドを取り出して、キュウに食べさせてあげる。

『あもんどっ！　うまいっ！』

キュウの笑顔を見ていると、凄く別れが悲しくなってくる。

泣きそうなのを堪《こら》える。

「満足しましたか？」

神様がキュウに問いかける。

『うん！　キュウもう大丈夫！』

「キュウちゃん……」

アンナは健気なキュウを見て、泣きながら抱きしめた。

「キュウン！」

キュウは自分の運命を悲観することなく、明るく振る舞っている。

キュウ……お前は本当に良い子だな……。

「では、これよりアンナさんとキュウさんに分け与えた力をリヴェルさんに戻します」

暖かい光が俺たち３人を包む。

光と共にキュウの身体は徐々に透明になっていく。

「キュウ！」

俺は叫んでしまった。

泣けば、キュウは辛くなると思っていた。

だから泣かないと、決めていたのに。

いざ、キュウが消えるところを目の当たりにしたら無理だった。

『あるじ！　今までありがとっ！』

「キュウ……！　キュウ……ッ！」

どうしてこんなに涙が溢れてくるのだろう。

自分でも制御出来なかった。

他の辛いことにはいくらでも耐えることが出来たのに。

キュウがいなくなることだけは耐えることが出来なかった。

『あるじ、クルトを正気に戻してねっ！』

「ああ、約束する……。だから、心配するな……！」

『うん！　でも僕は思うんだ。これでお別れじゃないって。あるじやアンナが転生したように、僕も転生するんだ。だから、きっとまたどこかであるじと一緒にいられるときがくるはずだよ！』

「そうだな……キュウ」

『だから、またね！　あるじ！』

キュウはそう言って、笑いながら、消えていった。

「……またな」

俺はそう呟いて、腕で涙を拭った。

ドクン、ドクン、と鼓動が速くなるのを感じた。

その勢いはとどまることを知らない。

ドクン、ドクン、ドクン、ドクン。

……身体が活性化されているのを感じる。

「リ、リヴェル……髪の色が……！」

「髪の色……？」

自分の前髪を摑み、色を確認する。

碧色《へきしょく》……？

アンナの言う通り、確かに髪色が変わっていた。

「リヴェルさんは、アンナさんとキュウさんの力を授かり、能力は神の領域に達し、本来の力を取り戻しました。ここまで至るにはとてつもない【努力】が必要でしたが、よくやり遂げましたね」

「これが俺の本来の力……？」

「わっ、ほんとだ！　リヴェルの魔力凄まじいことになってるよ！」

自身の魔力を測定してみると、《纏魔羽衣》を使用しているときよりも圧倒的に魔力が高かった。

なんだ、この魔力の量……。

自分でも驚くぐらいに強くなっていた。

「キュウ、アンナ……ありがとな。お前達の覚悟、無駄にはしない」

「そっか、私、【竜騎士】の才能がなくなっちゃったんだね。最初は嫌だと思っていた才能だけど、なくなると少し悲しいね」

「はい。【竜騎士】の才能はなくなり、今のアンナさんの才能は【パティシエ】になりました」

神様が答えた。

「ん～、ちょっと嬉しい……」

正直な奴だな、本当に。

「さてと、それじゃあクルトの奴を分からせに行くか。ちゃんと説教してやらないとな」

「分かりました。では、ご武運を」

「はい、ありがとうございます。神様」

「ふふふ、リヴェルさん、あなたももう神なのですよ」

神様はそう言って笑うと、俺とアンナは元のいた場所に戻ってきた。

クルト、フィーア、アギトがこちらを驚いた表情で見つめている。

アギトも来てくれてたのか……お前、本当に良い奴だな。

「驚いた……。まさか光に包まれて、こんなことが起きるとはね。キュウが消えて、リヴェルの雰囲気が変わった。ビックリだよ。魔力も増えているみたいだ」

キュウが消えた……そうか、キュウも助けに来てくれてたんだな。

本当にありがとう、キュウ。

お前には感謝してもしきれないよ。

「リ、リヴェルさん、髪の色が……」

「どうやらこれが本来の俺らしい」

「そ、そうだったんですか……なにか凄みを感じます……」

「あァ……俺もそう思う」

フィーアだけでなく、アギトもそんなことを言い出した。

「ありがとな、二人共。——それじゃあクルト、気失ってて悪かったな。再開しようぜ」

「ふ、ふふ、はははははっ！　流石リヴェルだ！　最高だよ！」

クルトの笑顔はまるで無邪気に遊ぶ子供みたいだった。

それとは対照的に放出される魔力はとんでもない。

まだ力を隠していたか。

でも、悪いな。

俺はもう負ける気がしないぜ。

しかし、本気で暴れると、とんでもない被害になりそうだ。

俺はクルトに近づき、上空に向かって蹴り上げた。

「なっ!?」

魔力障壁で蹴りが直撃することはなかったが、衝撃でクルトは上空まで飛び上がった。

俺も地面を蹴り、空高く飛び上がる。

そして、俺とクルトの周りを囲むように魔法で結界を展開した。

「こんな高密度な魔力で練られた結界を見るのは初めてだ」

「お前と遊んでやったら英傑学園が崩壊しちまいそうだからな。ここの中なら思いっきり戦える」

「ふふふ……ゾクゾクするね。やっぱりリヴェルをあんなに簡単に倒しても何も納得出来なかったからね。君が覚醒してくれて僕は最高に嬉しいよ」

「へぇ、負けることになってもか？」

「そういうのは勝ってから言った方がいいよ——さっき君は僕に完敗していたからね」

「ははっ、じゃあ今のところ一勝一敗だな。これで決着だ」

「ああ、今度は長く遊べることを願っているよ」

「どうかな？　お前次第だ」

そう言うと、クルトは笑って魔法を無詠唱で発動させた。

さっきはあまりの数と威力に対処出来なかったが、今は違う。

剣を上に振り上げて、構える。

そして、剣を振り下げると、クルトが詠唱した全ての魔法を一刀両断。

「これならどうだい？」

クルトは先ほどよりも魔法の数を増やし、俺の３６０度全ての方向に赤紫色の魔法陣が何重にもなって展開されている。

展開された魔法陣はまるで球体のようだ。

こんなことも出来るんだな。

だが、俺には効かない。

「ほら、防いでみなよ」

魔法陣からレーザービームのような魔法が一斉に放たれる。

こんな魔法見たことないな。

クルトのオリジナル魔法だろう。

面白い魔法を考え付くもんだな。

「そらよっ！」

俺は剣を振り回して、斬撃と風圧で魔法を全て防いでみせた。

身体能力が今までの比にならない。

思った以上にパワーアップしているみたいだ。

「驚いたね……。まさかそんな力技で乗り越えられるとは思わなかったよ」

「クルトもまだまだこんなもんじゃねーだろ？」

俺はそのままクルトに攻撃を仕掛ける。

転移魔法でクルトの背後に転移して、斬撃を入れる。

「くっ……！」

魔力障壁で防がれるが、衝撃までは抑えきれないみたいだな。

「《虚空魔剣》」

再びクルトは魔法で黒色の剣を作り出した。

そっちがその気ならこっちも休むことなく、上に下に、右に左に、斬撃を何発も打ち込む。

クルトも剣で応戦するが、俺のスピードにはついて来れない。

斬撃がクルトの魔力障壁に1回、2回、と当たったところで、クルトは例のスキルを使いだした。

「――《賢者ノ時間》」

クルトの瞳が朱色に光る。

さて、俺はこれを見たのは二度目だが、能力を詳細に理解はしていない。

おそらくクルトは魔法で自身の両目を魔眼化しているのだろう。

そして魔法の連射性能は素の状態でもとんでもないが、《賢者ノ時間》の使用中は更に上がっている。

「いくよ、リヴェル」

そっちが先に攻めるつもりならこっちから攻めてやるよ。

俺はクルトに近づき、剣を振るった。

しかし、クルトは難なくそれを避ける。

魔力障壁による防御や剣で防ぐのではなく、かわしたのだ。

動体視力が上がっているのか？

でないと、避けるのは難しいはずだ。

「リヴェルが強くなっても関係ない。これは僕だけに許された時間だよ」

僕だけに許された時間、か。

普通、そんな表現するだろうか？

両目を魔眼化させ、その効果が時間に関連するものか。

それじゃあ、時間が遅くなって攻撃を避けることが出来た、とかそういうことか？

分からないけど、でも今よりもっと速く動けば反応出来ないはずだ。

「リヴェル、君の動き――見えてるよ」

「見えてても対処出来ないように俺は動いてやるさ」

「そんなこと出来るわけな……!?」

俺の攻撃をクルトが咄嗟に剣で防いだ。

さっきの余裕だった表情は一気に消え失せた。

「ば、ばかな……《賢者ノ時間》は2秒先の未来が見えるはずだ……なのになぜ、リヴェルはそれと同じ動きをしないんだ!?」

クルトは明らかに動揺している様子だった。

一体何があったのだろう。

『リヴェルさん、聞こえますか』

頭の中で神様の声が響いた。

『この声は……神様？　え、これ《念話》ですよね？』

『はい、神となったリヴェルさんなら私と《念話》することが出来るようになったので、私がこの戦いをサポートします。ほんの少しだけですが、お力になれると思います』

『とても助かります！』

神の力って凄いな……。

今まで神様と会話するなんて、意識を失わないと出来なかったのにまさか《念話》で出来るようになるとは……。

『今、クルトさんが動揺しているのは彼の使う《賢者ノ時間》がリヴェルさんに通用しなかったからです』

『通用しなかった？　でも、さっきは普通に攻撃を避けられてましたよ』

『それはリヴェルさんが《賢者ノ時間》を正確に意識していなかったからです。ですが、二度目の攻撃のときは《賢者ノ時間》に対抗しようと行動したため、クルトさんの《賢者ノ時間》の能力が無効化されたのです』

『な、なぜ……？』

『それが神となったリヴェルさんの固有能力です。リヴェルさんは自身の思い描いたことを現実にすることが出来るのです』

『……え、それって無敵では？』

『はい、無敵です。ただ、神のときの能力が戻ったとはいえ、まだ不完全。突拍子もないようなことは現実にすることが出来ないでしょう』

なるほど、つまり限度があるってことか。

その限度がどれくらいまでかは分からないが、過程を一つ一つ踏んでいけば、今の状態でもやりようによってはある程度のことは実現出来るかもしれない。

「焦っているようだな」

「この僕が焦っている？　そんなの……ありえないだろう。僕は……僕は世界最強の魔法使いなんだッ！」

感情を露わにしてクルトは叫んだ。

「へー、それじゃあ俺は世界最強の努力家ってところか」

「……ふ、ふふ、そうだね。でもそれはお互い勝ってから名乗ろうじゃないか。僕の最強の魔法を受けてみなよ――《混沌咆哮》」

先ほど俺を気絶させた魔法をクルトは詠唱した。

それも1回だけじゃない――10回だ。

無詠唱で残りの9回を詠唱したのだろう。

10個の魔法陣が展開され、俺に向かって一直線に《混沌咆哮》が放たれる。

火、水、風、3つの属性が混ぜ合わさった10もの光線。

一つでも絶大な威力を誇っているというのに、10にもなると英傑学園の敷地全てを破壊出来るのではないだろうか。

「《纏魔羽衣》」

「な、なんだその魔力の量は！」

俺が今の状態で《纏魔羽衣》を使うと、クルトが驚くほどのとんでもない魔力の量になる。

「お前が本気で来るなら俺も本気でいかねーとな」

――クルトが放った《混沌咆哮》全てを斬る。

そう、思い描く。

それが俺の固有能力だというのは、凄い納得がいった。

今までもそんなことが何度も起きてきた気がするんだ。

アンナを助けるためにマンティコアと戦ったとき、咄嗟の思いつきで《剛ノ剣・改》を完成させることが出来た。

魔物の大群を指揮していた悪魔と戦ったときだって、奴の《常闇牢獄《とこやみろうごく》》を俺は光球を作り出した要領で剣に光を溜めた一撃で打ち破ることが出来た。

今回だって同じだ。

「《無窮刹那》」

たった一振り。

それだけで俺はクルトの《混沌咆哮》を斬った。

切断された光線は、斬撃の風圧によってかき消されていく。

火、水、風、３つの属性の魔法の欠片が宙をパラパラと舞う。

瞬時に俺は転移魔法でクルトの正面に転移した。

「クルト、これで遊びはお終いだ――《無窮刹那》」

そして、クルトを守る魔力障壁を斬った。

パリンと、割れる音がした。

「楽しかったよ、リヴェル。僕の負けだ」

そう言うクルトの表情は、遊び疲れた子供のように満足気だった。

「さぁ、僕も斬るといい」

クルトは両腕を広げた。

魔法で宙に浮くことをやめ、クルトは落下していく。

「ああ、そうさせてもらうぜ」

落下するクルト目掛けて——一閃。

だが、俺が斬るのはクルトではない。

その身に宿る魔神だ。

クルトの胸部から魔神の本体が現れた。

「ば、バカな……！　き、貴様のその力……！」

魔神の身体を両断する線が現れる。

「神……そのものではない……か……」

真っ二つに斬り裂かれ、魔神は消滅した。

キラキラとした光の粒になって、空へ消えていく。

おっと、いけない。

クルトが落下したままだ。

俺は急いでクルトの手を摑んだ。

「……なぜ、助けるんだい？」

「友達を助けるのに理由がいるか？　それとも友達より弟子の方がしっくりくるか？」

「ふふっ……君は本当にお人好しだね」

「ああ、たとえお前が間違えた道に進んだとしても俺は見捨てることなんて出来ないよ」

「完敗だよ……ありがとう、リヴェル。……そして、すまなかった」

「分かればいいさ」

そう言って、俺はクルトに笑いかけた。

地上に戻ると、クルトはみんなに向かって土下座をした。

「僕は君達に顔向け出来ないことをしてしまった。本当に申し訳ない」

「……ハァ、馬鹿野郎がよォ。しばらく反省しとけ」

「ああ、そのつもりだ。どんな罰でも受ける覚悟は出来ている」

「クルトさん……しばらく反省してください。リヴェルさんを殺すような真似をしたのは許せません」

「返す言葉もないよ。本当にすまない」

「……それで、魔神はどうなったの？」

「魔神は倒したよ。これでスパイもいなくなったし、ひとまず一件落着じゃないか？」

根本的な解決にはなっていないと思うが、魔神は帝国側にとっても切り札だっただろう。

まさかこんな形で倒されるとは思いもしていないはずだ。

「じゃありヴェルはもう……」

アンナが悲しげな表情をすると、アギト、フィーア、クルトは何かを察したようだ。

「リヴェルさんがどうかしたんですか……？」

俺は３人に事情を説明した。

俺が神様だったこと、アンナやキュウの力を貰ってクルトを倒したこと、そして……これから消えてしまうこと。

「そんな……リヴェルさん……」

「てめェはまた突然いなくなる気か……」

「ははっ、そういえば２年前も突然フレイパーラを出て行ったんだったな」

「笑い事じゃねェだろうが」

「また寂しくなるな。……でも、俺は必ず戻ってくるさ」

「ほんとかよ……」

アギトは呆れた顔でため息をついた。

「そうか。なるほど……」

俺の話を聞いたクルトはどこか納得した様子だった。

「クルト、どうしたんだ？」

「以前、僕が神の声を聞いたって話をしたことがあるだろう？　その謎がやっと解けたんだ」

「へー、聞いてみたいな」

「僕は最初、魔法を極めるために神様が僕を導いてくれたのだと思った。だけど、それは正しいようで正しくない。確かに成果はあった。けど、本当の狙いは僕のためなんかじゃなく――リヴェル、君のためだったんだよ」

「俺のため？」

「詳しいことは神様に聞いてみるといい。僕はもうさっきの戦いで十分に君との対話を楽しんだ。他のみんなとお別れを済ませてくれ」

そう言って、クルトは目を伏せた。

「……分かった」

詳しいことは神様に聞いてみよう。

神様がクルトやラルをなぜ俺のもとに導いたのか。

身体が淡い光を帯びだして、段々薄くなってきた。

「リヴェル……！」

アンナは悲しげな表情で俺を見つめる。

「ごめんな。また隣にいられなくなってさ」

「……ううん、大丈夫。リヴェルが戻ってくるって言うなら、絶対に戻ってきてくれることを私は知っているから。だって、リヴェルは私との約束を一度も破ったことないもんね」

アンナの目からポロポロと涙が零れ落ちる。

「アンナ……」

俺はアンナに近づいて、そっと唇を重ねた。

「っ!?」

アンナは驚いて、目を見開いた。

「リ、リヴェルさん……!?　だ、大胆ですね……!」

「ふっ、見せつけンなよ」

フィーアとアギトの声が聞こえた。

ただ、俺にはもう時間が残されていない。

アンナにちゃんと伝えてやらないと。

「アンナ、もし俺以外に好きな人が出来たら、何も気にせずその人のことを好きになって構わない」

「え……？」

「もしもの話だよ。どこかで俺以外の人を好きになっても苦しんで欲しくないんだ」

「――嫌だ。私はずっとリヴェルのこと待ってるから。10年でも20年でも、この人生が終わっても、私はリヴェルを待ち続けるよ」

アンナの目は本気だった。

何一つ迷うことなく、そんなことが言えるだろうか。

ならば、俺もその気持ちに絶対に応えなければいけない。

「分かった。待っていてくれ。俺が戻ってきたら、約束通り結婚しよう」

「……はい」

アンナは頬を赤く染めながら言った。

手のひらを見ると、もう地面が透けて見えた。

身体はもう随分と透明になっていた。

そろそろお別れの時間のようだ。

「よし、それじゃあみんな、またな」

「アンナさんのためにも絶対戻ってきてくださいね、リヴェルさん！」

「もちろんだ。ありがとな、フィーア」

「ったく、誰のために英傑学園入ったと思ってンだよ」

「はは、アギト。それは本当に申し訳ないな」

「別にいいけどよ。……じゃあな」

「ああ、じゃあな」

クルトは俯いたままだ。

反省しているんだろうが、クルトにも別れの挨拶は告げておきたい。

「クルト、次俺が戻ってきたとき、また遊ぼう。今度はお互い、本当の実力でな」

「……ふふ、君は最後までお人好しだね。そのときを楽しみに待っているよ——世界最強の努力家くん」

そして、俺はその場から消えたのだった。

＊＊＊

俺はまたあの白い空間にやってきた。

目の前にはいつものように神様がいる。

「神様……いや、俺ももう神様なんでしたね」

「そうですね。ですが、そのままでも構いませんよ。聞きたいことがあるのでしょう？」

「お見通しってわけですね。では単刀直入にお聞きします。クルトやラルに俺と会うように導いたのはどうしてですか？」

「……リヴェルさんに神の固有能力があるように、私にも同じく未来視の固有能力があります。遠い先の未来まで視ることが出来る力です。そして、私は視たのです。あの魔神によって世界が崩壊させられた未来を」

「あの魔神が……？」

「ええ。それはリヴェルさんが神ではなくなって間もない頃です。しかし、違う未来も視えたのです。リヴェルさんが魔神を斬る、そんな未来が視えました。最初は誰か分かりませんでしたが、前世のリヴェルさんが努力を始めたのを見て、あの魔神を斬る少年はリヴェルさんだと確信しました。だから私はまず、リヴェルさんが努力する環境を作ることから始めました」

「それが、アンナの【竜騎士】の才能とキュウ……ってことですか？」

「はい。ですが、それだけでは足りませんでした。そこでクルトとラルに白羽の矢が立ったのです。ラルはリヴェルが冒険者として成功するサポートをしてもらうために、クルトは最後に魔神を宿してリヴェルと戦ってもらうために」

「じゃあクルトが魔神を宿したのって神様が仕組んだことだった訳ですか？」

「お膳立てはしましたが、最後に魔神の力を我がものにしようとしたのはクルトさん自身の意思です。しかし、私がそうなるように誘導したのも事実です。前日の夜に、今日の出来事を伝えてましたから」

それでクルトは神の声の本当の理由が何なのか、察しが付いたって訳か。

「でも、それが世界を守るためって理由なら仕方ないですね」

「ふふっ、実は本音は少しだけ違いますよ。最初に私がリヴェルさんを手助けした理由を覚えていますか？」

「手助けした理由……？」

記憶を辿り、思い返してみる。

『――私は単純に貴方を好いているのですよ』

俺は神様がそう言っていたのを思い出した。

「私の本音は、リヴェルさんとまたこうしてお話をしたかっただけなんです。誰よりも慈悲深い貴方と」

「神様……でも俺、またみんなのところに戻ることになると思います」

「ええ、存じてますよ。私の固有能力は未来視ですから。しかし、リヴェルさんの固有能力が完全なものになるまで、まだ少し時間がかかります。私のわがままは、そのときまで、神にとってはほんの少しの時間だけ、貴方とお話がしたかったのです」

少し恥ずかしそうに言う神様の姿に、俺はとても人間味を感じたのだった。

エピローグ

「アンナ、ついに今日から開店だね！　いやー、まさか元【竜騎士】のアンナがスイーツ屋持つようになるとは感慨深いねぇ～」

私が道具を揃えたり、材料を出したりして、作業の準備を進めている横でラルが言った。

ニコニコとした笑顔で、心から私のことを祝ってくれていた。

「全部ラルのおかげだよ！　ラルがいなかったら今頃、何しているのか想像したくもないよ……」

「その通り。この店のスイーツは私にだけ半額で提供しなさいよ」

「半額どころかタダでいいよ！」

「アンナは分かってないな～。私も商人だからね。ちゃんと対価は支払うわ。それに、無料で貰ってたら、それだけで借りを返されてるみたいじゃない？　私はそんなことで借りを返させたくないの」

「さ、流石ラル……。なんで商売が成功しているのかなんとなく分かった気がする」

「ふふ、まあね」

ラルは得意げに胸を張った。

──リヴェルが消えてから、５年が経った。

クロエは魔神に身体を乗っ取られていたときの記憶が欠落していたみたいで、当時のことを何も覚えていないらしい。

魔神が消えても【剣聖】の才能は健在で、憑物が落ちたように精神も安定するようになったみたいだ。

ただ、詳しいことは知らないけど、クロエの両親は国家反逆の罪で処罰を受けたようだ。

クルトは学園長に全てを話して、退学を申し出たが、学園長はそれを拒否。

学年トップで居続け、クルトはみんなと一緒に英傑学園を卒業して今は『賢者』としてテオリヤ王国を守っている。

一方、私は【竜騎士】の才能が消えて、戦える実力がほとんどなくなってしまった。

英傑学園が元通りになるのはとても早かったが、その頃にはもう私は退学していた。

才能がない状態でどうしようか迷ってるところをラルが助けてくれて、なりたかったパティシエになるための修業先を紹介してくれた。

上達するのにとても苦労したけど、

『才能は与えられるものではない。才能は育てるものだ』

子供の頃によくリヴェルが言っていた言葉を思い出して、私は努力を続けた。

その甲斐あって、今はこうして自分のお店を開くことが出来るようになったのだ。

カラン、カラン、とお店の扉に付けているドアベルが鳴った。

「アンナさん！　お久しぶりです！　それと開店おめでとうございます！」

「めでたいねー！　アンナもついにお店を持つことが出来るとは！」

「おめでとう、アンナ」

現れたのは、フィーアとシエラとクロエだった。

「三人共ありがとう〜！　あ、適当な席座ってて」

今日は開店初日だけど、仲の良いみんなを呼ぶため、貸し切りだ。

そしてまたしばらくして、ドアベルが鳴った。

「うぃーっす。我らが賢者様を連れて来てやったぜェ」

「やれやれ。君達とは、たまたま前で一緒になっただけだろう」

「ははは……なんかすみません。それと、アンナさん開店おめでとうございます！」

現れたのはアギト、クルト、ウィルの３人だ。

３人共、前よりも顔つきが凜々しくなって、大人びたように見える。

「これでみんな揃ったわね！　あんた達、店の前の看板はちゃんとひっくり返した？」

「あ、今します！」

ラルの発言を聞いて、ウィルがすぐさま動いた。

そして私も丁度オーブンで焼き上げたお菓子を装飾し終わった。

ショーウィンドウにお菓子を並べることなく、そのまま出来立てを机に並べていく。

カラン、カラン、とドアベルが再び鳴った。

「すみません、今日は貸し切りなんですよ」

私は机にお菓子を並べながら言った後に、入ってきた人物を見た。

その瞬間、まるで時間が止まったように思えた。

「ただいま、みんな」

「キュウッ！」

白い小さな竜を頭に乗せた男性――リヴェルだった。

以前よりも雰囲気が大人びていてもすぐに分かった。

色んな気持ちが込み上げてきた。

だけど、それを処理するよりも早く、私の身体は動きだした。

リヴェルに勢いよく抱きついて、もうこの手を離したくないと思った。

みんなの前だったとしても、そんなことはどうでもよかった。

「おかえり、リヴェル」

「結構待たせちゃったな」

「ううん、全然だよ……！」

声は震えていたし、涙が止まらなかった。

「もう絶対にアンナのそばを離れないから。何があっても」

「うん……！」

「……あのときの約束、忘れてないか？」

「もちろん……忘れるわけないよ」

私がそう言うと、リヴェルは私の左手の薬指に指輪を着けた。

「結婚しよう」

「はい……！　喜んでっ！」

そして私達はキスをした。

これからはきっと楽しい日々が続くに違いない。

そんなことを私は思っていた。

だって、私の好きな人は——世界最強の努力家なのだから。

特別書き下ろし　世界最強の親バカ

「おとーさんっ！　剣術の稽古しよっ！」

「リアは元気だなぁ。……よし、じゃあ庭でやるか」

「やったー！　わーいわーい」

『キュウも観戦するっ！』

キュウはパタパタと翼を羽ばたかせて、リアの頭上を飛び回る。

——俺がこっちの世界に戻ってきてから7年が経った。

今、俺に剣術の稽古をお願いしてきたかわいらしい女の子は、会話から察せられるように俺の娘である。

リアはアンナによく似ている。

リアを見ていると、昔のアンナを思い出す。

俺に似た部分はアンナ曰く、目らしい。

目が似ているだけなら全然良い。

変なところは似て欲しくない。

その具体的な例は才能だ。

リアの才能が【努力】であって欲しくはない。

【努力】の才能は鍛えれば、とても強力な才能だが、リアにはあの苦しみを味わって欲しくないからだ。

「今日こそおとーさんに勝つから！」

庭に出ると、リアは木剣の先を俺に向けてそう言った。

『リアー、がんばれー！』

「キュウありがとー！」

キュウはリアが生まれてから俺の頭にあまり乗らなくなった。

いつもリアの近くにいて、守ってくれているみたいだ。

「お父さん、まだまだリアには負けられないなぁ」

こういうとき負けてあげるべきか俺は凄く悩んだ。

なぜならリアは負け続けると泣く。

泣き虫なところもアンナに似たのかな？

まぁでも、悔しくて泣くのは子供だとよくあることだから、違うような気もする。

そんなわけで、リアを泣かせないためにも負けてあげるのが親の務めかとも思ったが、勝てばこうしてリアが何度も俺に稽古を挑んでくるから、それはそれで嬉しい。

父親の威厳ってのもあるしな。

俺は色々と考えてリアにはわざと負けないでおこう、と結論付けたのだ。

それに最近だと段々泣かなくなってきている。

我が子の成長を感じる。

「よしいくよ、おとーさん！」

「おう。いつでも大丈夫だぞ」

リアは腰を屈めて、目を細める。

真剣な表情で俺を捉えている。

「やーっ！」

脚をバネのように使って、５歳児とは思えないスピードで駆け出した。

我が子ながら天才なんだよなぁ……。

「えいっ！　えいっ！」

「ほっ、ほっ」

リアは勢いよく木剣を振り回して、俺はそれを軽くいなした。

それでもリアは負けるもんか、と食らいついてくる。

実際、リアの剣術センスは凄まじい。

５歳だというのにこの身のこなし、そして剣捌きは見事なものだ。

「なんでおとーさんにあたらないのっ！」

「お父さんが強すぎるだけだよ。普通の剣士ならリアも攻撃をあてることができるさ」

「んー！　おとーさんに勝ちたいの！」

「まだ負けられないな」

そしていなし続けていると、リアは疲れたのか地面に座り込んだ。

「あー、たのしかった！」

そう言って、リアは楽しそうに笑った。

最近のリアは、こうして攻撃があたらなくても満足そうにしてくれる。

どうしてか気になった俺はリアに聞いてみた。

「おとーさんに勝てなくても、リア段々強くなってるのが分かるから楽しい！」

「なるほど、確かにリアは急激に剣術の腕が上達してるな」

「えらい？」

「ああ、えらいえらい」

リアの頭を撫でてやると、

「えへへ」

リアは嬉しそうに頬を緩ませた。

かわいい。

頬を緩ませた表情なんかはアンナにそっくりだな。

「パン焼いたけど食べるー？」

庭にアンナがやってきた。

焼きたてのパンを皿の上に載せていた。

「たべる！」

庭に設置されている机にアンナが皿を置くと、リアはすぐさまパンを手にとって食べ出した。

「あちちっ」

『キュウも食べる！』

そう言って、キュウも机の上に乗ってパンを食べ出した。

「俺も食べようかな」

「うん、食べて食べて」

パンを手にとって一口。

「お、また腕をあげたな。めっちゃうまいよ」

「まぁ努力しましたからね」

「身近に良いお手本がいて良かったな」

「もう、自分で言わないのっ」

「ははは」

休日はこんな風によく家族みんなで過ごしている。

幸せな日常だ。

今の家は故郷に建てていて、俺は父さんの道場で師範代を務めている。

アンナがパティシエとして仕事をするために、家は店も兼ねている。

俺は道場以外にも稼ぎはあるが、その機会は滅多にない。
基本的にはのんびりとした毎日を過ごしている。
……そういえば、こっちに戻ってきてから父さんと模擬戦をしたなぁ。
久しぶりに会って、
「お前の剣の腕どれだけあがったか見てやるよ」
なんて言うもんだからとても驚いた。
まぁ父さんらしいと言えば父さんらしいのだが。
模擬戦には俺が勝ったけど、本気を出してやっと勝てた。
なんでこの人、才能が【剣士】なのにこんなに強いの？　と思ったレベルである。
この父親から【努力】の才能を持つ俺が生まれたのは凄く納得出来たけど。
チリンチリン、と呼び鈴がなった。
誰か家にやってきたようだ。
この気配はもしかして……。
「たぶんクルトだな。ちょっと行ってくる」
俺に用があるときにクルトは転移魔法を使ってやってくるのだ。
転移魔法を使用するための魔法陣は家の隣に建てた小屋の中に描かれている。
クルトがこうして訪れる理由の大半は俺への依頼だったりする。
これが道場以外の臨時収入ってやつだな。

「あ、クルトが来たの？　私も挨拶してこようかな」

「リアもいくー」

『キュウも！』

ということで3人と1匹で玄関に向かった。

「やぁ、リヴェル。久しぶりだね」

「おう。今日はどうした？」

「クルト、久しぶり〜」

「クルトおじさん、こんちは！」

「はは、アンナとリアも元気そうだね」

『キュウもいるからね！』

「キュウ、ちょっと太ったんじゃないか？」

そう言って、クルトはキュウのお腹を触った。

確かに前よりキュウのお腹は丸くなったかもしれない。

『ふ、太ってないよ……！』

「アーモンドの食べ過ぎには注意しないとね」

『あもんどは悪くない。キュウ、あもんど食べる』

最近甘やかして食べさせすぎていたかもしれないな。

ちょっと気をつけるか……。

「さて、それじゃあ早速だけど本題に移らせてもらうよ。テオリヤ北方の凍土でベヒモスが現れたと報告を受けた。リヴェルにはそれを討伐してもらいたい」

「ベヒモスってなるとSSランク指定のモンスターか」

ここ数年でモンスターの危険度を示すランクに変更があり、Sランクの上にSSランクが追加された。

ベヒモスは発見件数こそ少ないが、Sランク冒険者が何人も相手をして命を落としてきたことからSSランクに指定されている。

ちなみにこれは以前、《英知》で調べた情報だ。

神から再び人間に戻るときに能力が強化され、《英知》で調べることが出来ない情報はなくなった。

元神様っていうのもなかなか便利だな。

「僕はちょっと仕事が溜まっていて中々遠出することも出来なくてね。それに、リヴェルなら1日あれば余裕だろう?」

クルトは今じゃ自身の領地を持つ身分で国を守る『賢者』としての仕事も大量にあるらしい。

俺とは比べ物にならないぐらい忙しいだろう。

「まぁそうだけど、今日は休日だし……」

ちらっ、とアンナとリアに視線をずらす。

「ああ、家族水入らずのところ申し訳ないね」

しかし、クルトの話を聞く限りそうも言っていられない状況だ。

「……ベヒモスはいち早く討伐した方がいいから仕方ないか。とっとと行って終わらせてくるとしよう」

「ありがとうリヴェル。助かるよ」

「おとーさん、凍土ってなに？」

リアが俺の袖を掴んで聞いてきた。

「雪が沢山降ってる寒い場所だな」

「雪!? たのしそうっ！ リアもいきたい！」

「もうリアったら、おとーさんは別に遊びに行くんじゃないんだからね」

「えー、いきたいいきたい！」

「分かった分かった。今度連れて行ってあげるよ。だから今日はお留守番しててな」

「……お土産ほしい」

リアは涙目で言った。

「ああ、お土産ぐらい買ってきてやるよ」

「雪があるところならつららが欲しい」

「つらら？ なんでつららが欲しいんだ？」

「かっこいいから！」

「んー、分からなくもない。よし、じゃあお土産につららを持ってきてあげるよ」

「ほんと!?　やったー！」

うーむ、お土産につらとはいかがなものかと思ったが、リアが喜んでいるなら別にいいか。

「立派にお父さんしているんだね」

「もちろん。俺は家族が第一なんでね」

「さすがリヴェルだ。報酬は白金貨２枚でいいかな？」

白金貨２枚は金貨２０００枚分の価値がある。

めちゃくちゃ高額な報酬だ。

「１枚でも十分すぎるぐらいだな」

「ふふ、君は本当に物欲がないね。それじゃあとにかく頼んだよ。ベヒモスを討伐したら僕の屋敷に顔を出してくれ。そのときに報酬を渡すよ」

「分かった」

さてと、とっととベヒモスを討伐してくるか。

「じゃあお父さん行ってくるな」

「つらら持ってきてね！」

「はは、分かったよ」

「ちゃんと無事でいてね」

「もちろん。アンナにも何かお土産を持ってくるよ」

「ううん、リヴェルが無事でちゃんと帰ってきてくれるだけでいいよ」

「その点は安心しててくれ」

「くっくっく、ＳＳランクのベヒモスを相手にするというのに安心しててくれ、と平気で言えるのはリヴェルぐらいだろうね」

クルトは腹を抱えて言った。

「……お前、他人《ひと》のこと言える？」

「はは、まぁ僕もベヒモスは余裕だね」

「ほらな」

「……ベヒモスを圧倒できる化け物が身近に二人もいるなんて凄いね」

アンナは少し呆れた表情で言った。

「間違いないな。それじゃ、行ってくる」

「行ってらっしゃい」

俺はアンナと軽くキスをして《空歩》で北方の凍土へ向かった。

＊＊＊

段々寒くなってきたな。

魔法で温度を管理して――っと。

これで暖かい状態で凍土を探索出来る。

とっととベヒモスを見つけよう。

……あ、その前に先にお土産の確保をしておこう。

木に近づいて、枝から垂れているつららを俺は入手し、《アイテムボックス》の中に収納した。

《アイテムボックス》の中は時間の経過がないからな。

つららでも解けずにリアに渡すことが出来る。

とりあえずこれでお土産を忘れることは絶対になくなったわけだ。

「よし、じゃあベヒモスを探そうか——《魔力探知》」

俺の《魔力探知》で探れる範囲は周囲10㎞以内だ。

《魔力探知》を使いながら動き回り、ベヒモスを見つける。

《空歩》で移動しながらベヒモスを探すこと10分。

ついにベヒモスを発見した。

「ん？　誰か戦っているな」

女性の冒険者のようだ。

実力は中々だが、ベヒモスが優勢だ。

早く助けに行かないと。

俺はすぐさまベヒモスのもとへ向かった。

「ブオオオオオオオォォォォォォ！！！」

「くっ……ここまでか」

ベヒモスの足に踏み潰されかけた女冒険者に俺は近寄って、抱きかかえて攻撃を回避する。

なんとか間に合ったな。

「大丈夫か？」

「あ、ああ……。しかし貴方は一体……」

「名乗るほどの者でもないさ。冒険者活動は1年しかしてないんでね」

女冒険者をその場に下ろして、俺はベヒモスと対峙する。

「ベヒモスはかなりの強敵です。あいつと戦う気なら私も援護します」

「いや、大丈夫だ。すぐに終わる」

「なっ……！　助けて頂いたことには感謝していますが、ベヒモスを舐めてかかってはいけません！　あいつは冒険者ギルドにＳＳランクの危険度だと指定されている凶悪な魔物なんですよ！」

「ああ、もちろん知ってるぜ。まぁでも大丈夫だ。すぐに終わらせるから」

――《纏魔羽衣《てんまはごろも》》。

「な、な、なんですか……！　その魔力……！　あまりにも規格外すぎる……！」

《纏魔羽衣》を使用すると、女冒険者は怯えた声をあげた。

「はは、悪いな。ベヒモスを倒すってなるとこれぐらいは本気出してやらないといけないからさ」

「ブオオオオオオオオオオオオォォォォォォォォォォォッ！」

ベヒモスも負けじと威嚇してきた。

それとも獲物を取られて怒っているのか？

どっちでもいいけど、お前にはとっとと倒されてもらうぜ。

「いくぞ――《無窮刹那《むきゅうせつな》》」

ベヒモスに一閃《いっせん》が走った。

しかし、それでもベヒモスは動きを止めない。

俺は女冒険者の怪我の手当てをしてあげようと振り返った。

「危ない！」

女冒険者は叫ぶが、もう終わっている。

「え？　ベヒモスが倒れていく……？」

踏みつけようとするベヒモスの影が消えていくと、ドスンと倒れた音が聞こえた。

「ふむ、左腕の骨が折れてるな。他もぼちぼち折れたり、痛めたりしてるみたいだな」

俺は女冒険者の負傷部分を調べていく。

該当箇所が分かると、その部分に回復魔法をかけた。

「い、痛みが引いていく!?　まさかこの短時間で回復魔法を!?」

「ああ。ついでに治しておこうかなと思って」

「あ、ありがとうございます！　このご恩は一生忘れません！」

「わ、忘れていいからね……」

これでアンナに浮気とか怒られるのも嫌だし。

別に怒られたことは無いんだけど、一応……な？

「しかし、これほどの実力を持つのならば、大層有名な冒険者だったのでは?」

「1年しか冒険者活動してないからそんなに有名じゃないかもな。一応Sランクにはなったけど」

「1年でSランクは十分凄いですよ。私もSランク冒険者ですが、ここまで到達するのに5年かかりましたから」

「なるほどな。所属しているギルドはどこだ? 送っていってあげるよ」

「そんな、悪いですよ」

「ついでだよ、ついで。俺だけ一人、ここから去るのも悪いしさ」

「一人……?」

「ああ、俺はここまで飛んできたんだ。だから君も送ってあげるよ。どこのギルド?」

「あの、飛んできたってどういうことですか?」

「そのままだよ。ほら、こうやって飛んできたんだ」

その場で浮かんでみせた。

「ほ、ほんとだ……飛んでる……」

「だから拠点にしてるギルドを教えてくれよ。送っていってあげるからさ」

「わ、分かりました。ギルドはフレイパーラにある『レッドテンペスト』ってところです」

「お! そこに所属してたのか! だったら話は早いな。飛んで行かなくとも転移魔法で一瞬だな」

「て、転移魔法!?」

『レッドテンペスト』は『レッドウルフ』と『テンペスト』が合併したギルドだ。

理由は単純でフィーアとアギトが結婚したからだ。

ビックリするよな。

まさかあの二人が……って感じだ。

いや、それを言うならクルトとラルもそうだな。

去年、クルトとラルは結婚したのだった。

フィーアとアギトの結婚よりもこちらの方が驚きだった。

あれだけ仲悪そうだったのになぜ……？

喧嘩するほど仲がいいやつだろうか。

おっと、話が脱線してしまったな。

『レッドテンペスト』のギルドには転移魔法用の魔法陣が描かれているので、転移魔法で移動することが出来る。

とにかく転移魔法を発動するための魔法陣を描こう。

「何をやっているんですか……？」

「魔法陣を描いているんだ」

「えーっと……何も見えませんよ……？」

「そりゃそうだな。この吹雪の中、見えるもので描いてたら消えてしまうから魔力で描いているんだ」

「魔力で描く?」

「そうそう。――よし、魔法陣完成だ。こっちに来てもらえるか?」

「あ、はい」

手招きすると、女冒険者は素直に来てくれた。

そして転移魔法を使用した。

「えっ、一瞬で景色が変わった!? ほ、ほんとに『レッドテンペスト』に戻ってきてる……」

女冒険者はめちゃくちゃ驚いていた。

「あ、いけない。ベヒモスを討伐した証拠を持ってこないとな」

俺は再び転移魔法を使って、ベヒモスのもとに戻り、ベヒモスを《アイテムボックス》の中にぶち込んだ。

これでよし。

再び転移魔法で『レッドテンペスト』に戻ると、女冒険者はビックリした様子でこちらを見ていた。

「せっかくだし、アギトとフィーアに会っていこうかな」

「……知り合いなんですか?」

「昔からの友達だよ。どこにいる?」

「アギトさんならギルドマスター室にいると思いますけど……」

「分かった。ありがとな」

「い、いえ！　こちらこそ助けて頂きありがとうございます！」

女冒険者は頭を下げてお辞儀をした。

俺はそれに手を振って応えた。

ギルドマスター室はここか。

しかし、アギトがギルドマスターとはな。

立派になったもんだ。

コンコンコン、と扉をノックする。

「入っていいぞ」

「ようアギト、久しぶりだな」

「リヴェルか。俺とフィーアの結婚式以来だな。今日は一体どういう風の吹き回しだ？」

「ベヒモスを討伐しにいったら冒険者が戦っていてな。助けたらお前のところに所属しているみたいだったからこうしてやってきたんだ」

「ベヒモス……あいつ結局指示を無視して行きやがったのか。ウチのギルドメンバーが世話になったな」

「気にするな。それにしても立派にギルドマスターの仕事をこなしているんだな」

「てめぇ、張《は》っ倒《たお》すぞ」

「素直に褒めただけだって」

「ふっ、この奥の部屋にフィーアがいるから顔見せてやれよ」

「おう、分かった」

奥の部屋に入ると、フィーアがベッドの上で横になっていた。

「よう、フィーア。もしかして具合が悪いのか？」

「……えっ!? リ、リヴェルさん!?」

「ちょっとここに寄ることになったからフィーアの顔を見にきたんだ」

「な、なるほど……急ですね」

「まぁ転移魔法で来られるしな」

「ふふ、そうですね」

「それでどうして寝込んでいるんだ？　具合が悪いのか？」

「あっ、えーと……これは……」

フィーアが恥ずかしそうに頬を赤くした。

「これは？」

「……妊娠したんです」

「おー！　それはめでたいじゃないか！　アギトとフィーアの子供か～」

「段々と大きくなってきていて、そろそろ産まれそうなんですよ」

「産まれたらお祝いしないとな。そのときは手紙でも送ってくれよ」

「はい。ぜひ！」

その後、アギトも部屋に呼んで３人で久しぶりに色々と話した。

「おっと、結構話しちゃっていたな。そろそろクルトに討伐完了の報告をしに行かないと」

「あぁ、お前にベヒモスの討伐を依頼したのはクルトの野郎だったか」

「そうそう。たまにクルトが色々と頼みに来たりするんだよね」

依頼主がルイスさんって時もあるが、直接会いに来るのはクルトだ。

「なるほどな。じゃあクルトにもよろしく言っといてくれ。またみんなで集まりてえな」

楽しそうだ。

ウィルやクロエ、シエラも呼んでみんなで食事会でもしたいな。

余談だが、ウィルは今も冒険者を続けている。

ランクはAで新人冒険者の指導などもやったりしているそうだ。

クロエは剣聖として、騎士団長を務めており、テオリヤ王国の中心人物なのは間違いない。

シエラはアンナから聞いた話だと、魔導具店を営んでいるそうだ。

今でもアンナはシエラと手紙で連絡を取り合っている。

「お前たちの子供が産まれる頃にはみんなで集まれるように俺がなんとかしてみるよ」

「リヴェルさん、よろしくお願いしますね」

「おう。任せとけ」

それじゃ、と別れを告げて俺は再び魔法陣の上に乗り、我が家へ転移魔法を使用した。

我が家に帰ってきた訳だが、アンナとリアに顔を見せるのは全て終わってからの方がいいだろうと思い、クルトのもとへ転移した。

転移先はクルトの屋敷の一室だ。

クルトは大体書斎にいるので、そこに向かう。

廊下を歩いていると、使用人達が珍しそうな顔を一瞬した後に会釈をしてくれる。

そこにクルトの従妹であるアーニャが前方から歩いてきた。

彼女も今は宮廷魔術師として活躍する身だ。

こうしてクルトの屋敷に戻ってきているのは珍しい。

この様子だと、クルトに用事があって会いにきていたのだろう。

アーニャは俺とすれ違うときに会釈した。

最初に出会ったときは問答無用で風魔法で攻撃されたのが懐かしいな。

立派に成長したもんだ。

書斎に入ると、クルトは魔導書を読んでいた。

こういうところは昔と全く変わらない。

「ベヒモス、討伐してきたぞ」

「ありがとう。助かったよ」

「一応《アイテムボックス》にベヒモスを丸ごと入れてきたんだけど、見せた方がいいか？」

「大丈夫だよ。リヴェルが言ったことに間違いはないからね。はい、報酬の白金貨2枚だ」

クルトから貰った白金貨2枚を《アイテムボックス》の中に入れた。

「そういえば今日、アギトとフィーアに会ってきたんだけど、フィーア妊娠してて驚いたよ」

「知らなかったんだ。意外だね。リヴェルならとっくに知っているいると思っていたのに」

「あー、最近はリアにかまってばかりだからなぁ」

「なるほど、努力バカの次は親バカか」

「親バカか……。否定出来ないな。てか、クルトは知っていたのか」

「うん。ラルから聞いたんだ」

「ラルはそういう情報よく知っているよなぁ。さすが商人って感じ」

「まあね。僕もおかげでその手の話題を知ることが出来ているよ」

「……しかし、よくクルトとラルが結婚したよな。あんなに喧嘩してたのに」

「喧嘩するほど仲がいいって言うだろ？」

「嘘つけ！　昔は仲悪かっただろ！」

「そうだね。でもお互いの親が抱えていた問題が解決して、ラルを嫌う理由がなくなってから仲良くなってね。もともと認めるところは認め合っていたから、当然といえば当然なんだけど」

「確かに、昔からお互いの優れた部分は認め合っていたような気がするな」

「だからそこまで意外でもないんだよ」

「それはない」

「ははは」

「そういえばラルはどこにいるんだ？」

「商館にいると思うよ。たぶん忙しいんじゃないかな」

「一流の商人だもんな。そりゃ商売繁盛してるか。残念だけど会うのはまたの機会だな」

「リヴェルならいつでも会いに来られるだろう？　たまには顔を見せてあげてくれよ」

「分かった。善処する」

「助かるよ」

「あ、そういえばアギトとフィーアの子供が産まれたらみんなで集まろうぜ」

「もうそろそろ出産だったね。いいよ、集まろう」

「よし、決まりだ。それじゃあ俺はここら辺で帰るとするよ。かわいい娘が待っているんでな」

「ふっ、それじゃあまるで世界最強の親バカだね」

「違いないな」

俺とクルトはそう言って笑い合った。

転移魔法で我が家に戻ってきて玄関を開けると、リアが走って出迎えてくれた。

その頭上にはキュウも一緒だ。

「おとーさんおかえり！」

『あるじ、おかえり！』

「ただいま。リア、キュウ」

俺はリアとキュウを抱きしめた。

「つららはちゃんと持ってきてくれた？」

「ほら、ちゃんと持ってきたぞ」

《アイテムボックス》からつららを取り出して、リアに渡した。

「うわー！　冷たい！　透明で綺麗～」

つららを手に持ったリアは嬉しそうにはしゃいだ。

「つららなら魔法で簡単に作れるから、今度作ってみようか？」

「作る！」

俺がそう提案すると、リアは目を輝かせた。

「おかえりー、そろそろご飯出来るからお風呂入ってきたらどう？　リアー、お父さん疲れてるから背中洗ってあげてー」

「うん！　おとーさん、ほら、お風呂いこ！」

「はは、ありがとう。リア」

『キュウもお風呂はいるっ！』

そう言って、俺たちは風呂場に移動するのだった。

――いつもと変わらない平穏で幸せな日常。

世界最強の努力家はこの日常を守り続けるために日々、努力を続けているのだ。

あとがき

ペラッ、ペラッ……（2巻のあとがきを確認中）。

なるほど、2巻ではこんなことを言っていたのか……。

――というわけでどうも、蒼乃白兎です。

お久しぶりです！

2巻から7カ月ぶりですね。

2巻のあとがきではコロナの影響で生活習慣が狂っているという話をさせて頂きました。

そして、最後に3巻が出るころには一周回って健康な生活習慣に戻っていることでしょう、と言っていましたね。

結果だけ先に言うと、強引に一周回して生活習慣を健康なものに戻しました。

朝になっても寝られなくなり、一周回るでしょって思っていたら昼に寝るのが習慣化して泥沼の生活を送っていました。

2020年の蒼乃白兎は大学4年生で大学の研究に励んでいたのですが、コロナということもあり、ほぼリモートで研究の打ち合わせ等をしていました。

おまけに外出することも控えていたため、健康な生活に戻す強い理由がなかったわけです。

どうりでいつまで経っても戻らなかったわけですね。

研究室の教授はめちゃくちゃ頭が良くて、優しくて、男前な先生です。

本作の書籍を1巻、2巻と、ちゃんと買ってくれているのでとても良い人です。

僕が大学を無事卒業出来たのも教授のおかげでしょう。

ありがとうございます！

……少々脱線してしまいましたが、生活習慣の話でしたね。

荒療治でモンスターエナジーを飲んで、ずっと起きてようという作戦に出たんですよ。

あれ飲むと本当に寝られないんですよね。

カフェインの効果って本当すごい。

効かないっていう人も沢山いると思うんですけど、僕はめちゃくちゃ効きます。

そんな感じでちゃんと僕は、夜に寝て朝に起きる真人間になりました！

……たぶん二週間ぐらいは。

さて、オチもついたところで完結した『世界最強の努力家』を少し振り返っていきましょうか。

3巻の内容は英傑学園編ですね。

ヒロインのために頑張る主人公を書くためにアンナとリヴェルを離れ離れにさせたいな、と思ったところから始まりました。

1巻の序盤でアンナと離れ離れになったので、そのときからもう英傑学園を舞台に物語が進むことを想定していた読者様も多いはずです。

今になって思うんですけど、1巻でもっとテンポよく展開させて2巻で英傑学園編に入ればよかったかもしれませんね。

そうすればもっと学園を舞台に物語を動かす余裕があったように思います。

でも、学園を舞台にすると色々と行動に制限がかかるので、外部の介入によって物語を展開させていくパターンが多くなりそうです。

それならやっぱり、3巻でちょっと英傑学園を舞台にして、出したい設定を出して、完結する今の流れも悪くなかったのかもしれません。

反省点をあげればキリがないですね。

でも個人的に良かったと思う点も結構あったりするんですよ?

まず、完結がちゃんとハッピーエンドだったのは良かったと思います。

僕は誰でも分かりやすいエンタメを書きたいと思っているので、バッドエンドっていうのは論外なんですよ。

だからハッピーエンドで終わることが出来て本当に良かった。

終わり良ければ全て良し、そんな言葉があるようにハッピーエンドなら大体のことは許してもらえるはずです。

消えたキュウもちゃっかり復活してるし、リヴェルとアンナは無事結ばれるし……。

それと後日譚も結構良かったかなって思います。

完結した作品のああいう後日譚って結構好きなんですよね。

あのキャラとあのキャラがくっついたのか！　みたいな。

長く続ければ蛇足になってしまいがちかもしれませんが、それでも十分面白いですし、短いワンシーンが読めるだけでも作品をより好きになれるような気がします。

なので、このあとがきを読んでいる皆様は本作が大好きになっていること間違いなしですね！

本作だけじゃなくて作者の蒼乃白兎も好きになっていいんですよ。

ツイッターとかもやってるので、よかったらフォローしてくださいね！

『世界最強の努力家』以外もいっぱい作品を書いていくので、これからの蒼乃白兎にご期待ください！

そして本作はありがたいことにコミカライズされているので、まだまだ『世界最強の努力家』を楽しむことが出来ますよ！

遠田マリモ先生によるコミカライズで原作よりももっと面白くなっているので！

なんと僕が勢いに任せて書いたところを遠田マリモ先生がより深掘りして物語が展開されているんです！

正直、漫画は僕が考えたストーリーとは思えないぐらいにめちゃくちゃ面白いです！

まだ読んでないよって人は是非読んでみてくださいね！

話も結構進んでいて、今後の展開を僕は一読者として楽しみたいと思います！

そろそろあとがきも終わりが近づいてきたので、感謝の言葉で締めたいと思います。

紅林のえ様、３巻でも素敵なイラストをありがとうございます！

今回もめちゃくちゃ良くて、僕は大満足です！

特にカバーイラストはほんと素敵ですね！

完結って感じがして、大好きです。

担当編集様、担当が変わって色々と大変だったと思いますが、無事３巻を刊行出来て大変感謝しております。

僕の都合に合わせて予定を調整してくれたときは本当に助かりました。

おかげで無事に大学を卒業出来ました。

本当にお世話になりました。

最後に読者の皆様。

３巻までお付き合い頂き、ありがとうございます！

少しでも皆様の心に本作品が残ってくれたら大変光栄に思います。

これからも作家として活動していく予定なので、今後も応援して頂けると嬉しいです。

まだまだ拙い部分は沢山ありますが、皆様の期待に応えられるような面白い作品を書けるように精進していきたいと思います。

『世界最強の努力家』シリーズはこれで終わりですが、またどこかでお会い出来るのを楽しみにしております。

がココにある。
私の従僕
私、能力は平均値でって言ったよね!
二度転生した少年はSランク冒険者として平穏に過ごす
～前世が賢者で英雄だったボクは来世では地味に生きる～
転生したらドラゴンの卵だった
～最強以外目指さねぇ～
戦国小町苦労譚
領民0人スタートの辺境領主様
毎月15日刊行!!
https://www.es-novel.jp/

あなたの"好き"
反逆のソウルイーター
～弱者は不要といわれて
剣聖（父）に追放
されました～
転生した大聖女は、
聖女であることをひた隠す
冒険者になりたいと
都に出て行った娘が
Sランクになってた
即死チートが
最強すぎて、
異世界のやつらがまるで
相手にならないんですが。
人狼への転生、
魔王の副官
アース・スター ノベル
EARTH STAR NOVEL

サザランドはもはや
お前のものだ
は、
ひた隠す
転生した大聖女は、
聖女であることをひた隠す
A Tale of The Great Saint
十夜・chibi
青辺マヒト
②
コミカライズ2巻
大好評発売中!!!
漫画:青辺マヒト
コミックアース・スターにて
連載中!!
https://www.comic-earthstar.jp/

あらすじ

薬の効かない黄紋病が流行り、死を待つだけの住民たち。
憎しみと悲しみに閉ざされ、騎士たちとの溝は深まるばかり。
そんなサザランドに、大聖女と認められたフィーアは、
優しく劇的な変化をもたらす。
「ああ、私たちは何度、大聖女様に救われるのだろう」
300年前から受け継がれる住民たちの想いと、
フィーアの打算のない行動により、
頑なだった住民たちが、フィーアとフィーアに
連なる騎士たちに心を開き始める。
そして、全ての住民がフィーアに最上位の敬意を捧げた瞬間、
王都にいるはずのある騎士が現れて――――!?

転生した大聖女
聖女であることを

十夜 Illustration chibi

続々重版中！
4000万PV越えの
超人気作!!!

1~4巻 絶賛発売中！
第1回アース・スターノベル大賞受賞作!!
幻想一刀流の家元・御剣家を追放されたのち、
無敵の「魂喰い（ソウルイーター）」となったソラ。
その圧倒的な力で、自分を嘲り、
見捨てた者への復讐を繰り広げる。
裏切り者を次々に叩きのめしたソラを待ち受けるのは……!?
私を見限った者と親しく語り合うなど
玉兎
ill・夕薙

EARTH STAR NOVEL
虫唾が走る!
反逆のソウルイーター
~弱者は不要といわれて剣聖(父)に追放されました~
The revenge of the Soul Eater.

EARTH STAR NOVEL

世界最強の努力家
～才能が【努力】だったので効率良く規格外の努力をしてみる～　3

発行 ――― 2021 年 4 月 15 日　初版第 1 刷発行

著者 ――― 蒼乃白兎

イラストレーター ――― 紅林のえ

装丁デザイン ――― 山上陽一＋藤井敬子（ARTEN）

発行者 ――― 幕内和博

編集 ――― 及川幹雄

発行所 ――― 株式会社 アース・スター エンターテイメント
〒141-0021　東京都品川区上大崎 3-1-1
目黒セントラルスクエア　7 F
TEL：03-5561-7630
FAX：03-5561-7632
https://www.es-novel.jp/

印刷・製本 ――― 中央精版印刷株式会社

ISBN 978-4-8030-1510-2